人物設計

許璃

身為女主角這是一定要的。

品學兼優的黑長直。

第一次參加
Vtuber聚會
而特地準備的小禮服。

彩璃

身為女主角
所以保留了下來（？）

第一次當Vtuber
所以用了和現實中
完全不一樣的髮色。

人設是高中生
當然會穿學生制服。

小彩蛋，會有人發現嗎？

人物設計

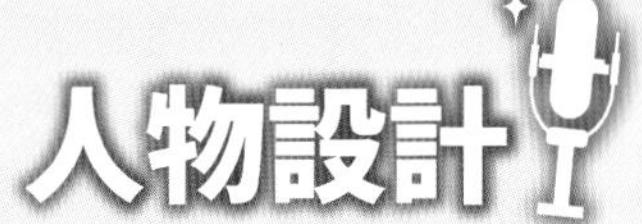

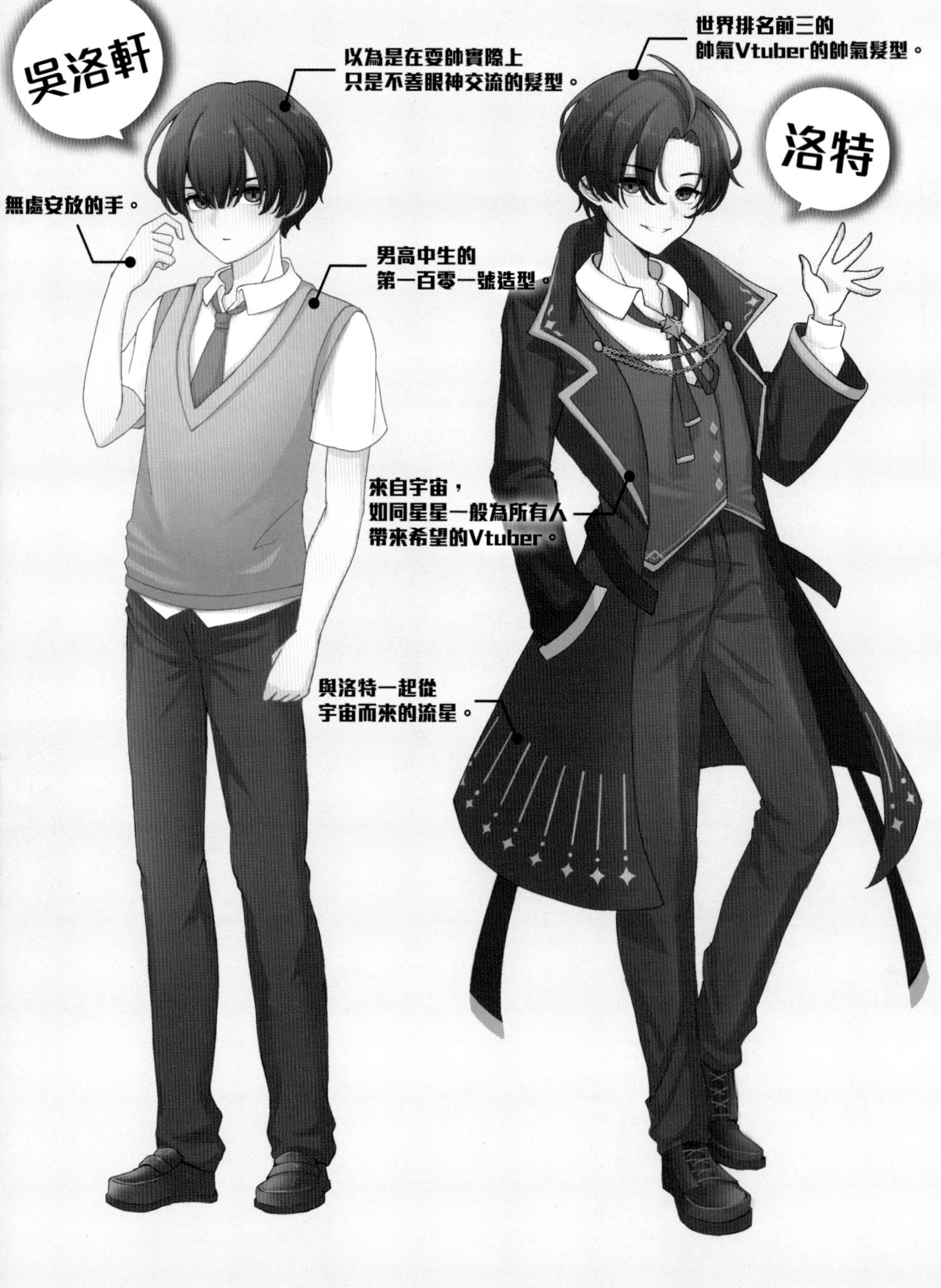
吳洛軒
以為是在耍帥實際上
只是不善眼神交流的髮型。
無處安放的手。
男高中生的
第一百零一號造型。
世界排名前三的
帥氣Vtuber的帥氣髮型。
洛特
來自宇宙，
如同星星一般為所有人
帶來希望的Vtuber。
與洛特一起從
宇宙而來的流星。

慣看春秋
繪・張洛 Loisn
關於我的校花同學想要成為虛擬最強
的那件事

關於我的校花同學想要成為虛擬最強的那件事

目錄

第1章　Hello, virtual world

——「只要僅僅八秒鐘的時間，就可能讓兩個人陷入愛河之中。」

雖然這個研究的來源至今已不可考，但依然不影響許多人對於這件事有許多美好幻想。

每個人的內心深處，都會有些奇妙的、不切實際的幻想。比如有一天會有自己偷偷暗戀的女生跑來跟自己告白、鄰座的同學其實是個大明星。諸如此類、層出不窮。

人們日復一日的工作與生活著，但是在某些時候，也許是夜深人靜、也許是通勤路上的零碎時間，人們會享受著這些只屬於自己的小祕密。誰也無法模仿、誰也無法取代。

因為「幻想」——就是人類前進的原動力。

二〇四二年，某個週六下午。

位於市區的小巷裡，即便是豔陽高照，陽光依然難以完全照射進來。

也許是因為早晨的霧氣，小巷裡的路面依然有些潮溼。路旁的角落是從柏油路面破土而出的小株雜草，堅強地展現著自己在這都市叢林中，依然沒有捨棄的強韌生命力。

狹窄的道路僅有兩人並肩擦身而過的寬度，這讓車輛難以進入這個安靜的小巷子內；街道兩側是一些老式公寓的門口、或者是一些麻雀雖小卻五臟俱全的小商店，靜靜地坐落在巷裡。

就在這樣的一個地方，藏身著一間咖啡廳——此時木頭材質的大門口掛著牌子，上面貼著一張白紙跟用黑色麥克筆，潦草地寫著「今日包場」幾個大字。

室內則是大約有十來個人的小型聚會。在這其中，一名少年坐在椅子上，直直地盯著眼前的人影。

少年身上的衣服是簡單的黑色 POLO 衫跟淺色長褲。額前的瀏海稍長，讓少年看起來有些無精打采。

吳洛軒，也就是這名少年，是個剛升上二年級的平凡高中生。

他的身材與外表看起來十分普通，是一個健康的高中生該有的正常模樣；不過近期隨著坐在椅子上的時間越來越久，洛軒最近發現自己的大腿跟臀部，似乎有逐漸增大的趨勢——不過他相信這種事情，只需要交給新陳代謝這種隨時都會變得不可靠的力量來煩惱就可以了。

走在路上的話，大多數的行人對於洛軒並不會有太多印象，少年就是這麼一個不受人矚目、而且對日常生活的大部分事情，都表現得不怎麼特別上心的傢伙。

人生守則是不要引人注意、喜歡的諺語是「各人自掃門前雪」——至於戀愛？對於洛軒而言更是沒有接觸過的、未知的……卻又有些嚮往的情感。

墜入愛河需要多久？科學告訴我們，只需要八秒。

洛軒不知道這是不是真的。但此時此刻，他可以很肯定地告訴所有人：

——社會性死亡，只需要「一秒鐘」。

「……為什麼什麼，妳會在這裡？」

天氣晴朗的週六下午，搭配著咖啡廳內輕柔的背景音樂，還有撲鼻而來的咖啡香氣，陽光透過落地窗灑在了洛軒的位置上。

早已上桌多時的巧克力冰沙已經開始隨著時間逐漸融化，但此時的少年完全沒有任何餘力去關心他的飲品。

「這才是我要問的。」一面對少年的疑問，那名很顯然也沒有料到少年會出現在此地的人影說道：

「為什麼……你會在這裡啊！吳洛軒！」

這，就是少年與少女的「初次見面」。

「不要喊真實姓名啊喂！」洛軒糾正對方道：「在這裡，要叫我『洛特』才對！」

此時的少女身穿以白色與黑色為主色調的洋裝，在優雅跟可愛之間取得了極佳的平衡；雖然整體設計偏向簡單，但胸口前的黑色細蝴蝶結，讓整體服裝的剪裁不會變得過於單調。

一頭漆黑如墨的黑色長直髮整齊地梳在腦後、肌膚如同雪一般吹彈可破；也許是因為害羞、但更多的也許是惱羞成怒，此時潔白的肌膚上還添加了一分淡淡的紅色。

不過在聽見洛軒的話之後，少女慌亂地看了看四周，確認沒有任何人注意到自己說了些什麼、一邊向洛軒道歉：「對不起！一不注意就……」

但接著，少女似乎變得更加混亂：「等等，什麼？你就是洛特？等等、啊？什麼情況？」

突然追加的情報讓這名少女像是開著大量 EXCEL 檔案，然後又瘋狂對其下達指令的電腦一樣，在短短的幾秒鐘內接收過多資訊後直接當機。

「總而言之，妳先冷靜下來再說。」洛軒淡定地拿起桌上的冰沙，喝了一口後繼續說道：「首先，規則第一條：永遠不要隨便在線下聚會稱呼別人的真實姓名。」

「唔，我都已經說抱歉了嘛。」少女白眼說道：「你是這麼記仇的人嗎？」

「跟記不記仇無關。個人情報之類的東西，不要這麼容易就暴露出去啊。」

洛軒嘆了一口氣：「就算現代的人們對於我們的接受度已經很高了，但還是會有激進的傢伙喜歡到處挖別人的隱私啊。」

「明明是私人性質的聚會？」

「妳不要太小看現代人對於資訊工具的活用程度比較好喔。」

「是是……不過，這裡是私人聚會對吧？」少女左右張望，最後選擇在洛軒的對面位子上坐下：「既然是私人聚會，就代表說……」

「沒錯。」洛軒點點頭說道：「在這裡的所有人，基本上絕大部分——都是虛擬實況主。」

虛擬實況主。

或者在過去的更多時候被稱作「Vtuber」——這是在二十年前隨著疫情影響隨之興盛的一種「職業」……當然，只要能夠創造收入，誰都能自稱自己正在努力工作。

在如今的這個時代，誰都能成為虛擬實況主。只要想辦法取得一個二次元的角色形象、花點時間設計自己獨特的世界觀與價值觀，接著使盡各種方法讓自己的知名度上升。這是每一個想要成為虛擬實況主的人都需要經過的過程。

聽起來十分簡單、而且很像是某種因應時代背景所產生的特殊文化，絕大多數

的人都認為，虛擬實況主會在疫情結束、甚至是疫情趨緩時就會跟著如風般消散。

然而事實證明，虛擬實況主不僅存活下來，還以十分誇張的速度迅速地占據了網際網路、或者說網路世界的一大部分；而虛擬實況主跟粉絲互動的方式，也隨著科技的進步而逐漸改變，從原本只是一個會動的圖畫，慢慢進步成３Ｄ、甚至是跟現實世界互動。

也許有些人會嗤之以鼻地說著：「不過就是看個紙片人在螢幕上面晃來晃去，到底有什麼有趣的？」

然而現實卻告訴我們——撇開成天盯著二次元角色感覺很宅的負面印象不談，虛擬實況主的「背景」有時的確會令人會心一笑。

明明設定上是個來自異世界的精靈卻需要每天上班、明明是個來自於只有劍跟魔法的世界的勇者，卻可以熟練地操作電子產品……將多種元素如同大雜燴般一股腦地融合、提煉而成，再以各式各樣的形式呈現給所有的觀眾。

面對著這些虛擬實況主，人們無法看見他們的臉孔、無法得知他們究竟過著什麼樣的生活。觀眾唯一能夠知道的，只有螢幕另外一端傳過來的聲音，以及脫離了現實範疇的虛擬身分。

而這些虛擬實況主們，用著最千奇百怪的形象、方式——述說著最為現實的話語。

吸引人們的注意只需要兩種方式：有趣，或者是感同身受。

而虛擬實況主，恰好是少數的「兩者兼備」。

直至今日，來自世界各地的虛擬實況主們，今天也在努力地為世界帶來更多的樂趣。

洛軒也是這個龐大「家庭」的其中一員；更加準確地來說，洛軒是目前活躍於虛擬世界中，目前社群粉絲排名第三的虛擬實況主「洛特」的中之人——換句話說，就是這個角色的操作者。

「——所以，讓我再重新了解一下狀況。」

在少女當著大庭廣眾之下喊出洛軒的名字、所幸沒有其他人注意到之後又過了幾分鐘，直到咖啡廳的服務生把一杯冒著熱氣的卡布奇諾，放在少女面前的這段時間內，洛軒跟少女之間完全沒有任何的溝通。填滿兩人距離的，只有無盡的沉默。

少女端起咖啡杯喝了一口後，這才緩緩說道：「……你就是洛特？排名第三的那個洛特？」

「我想目前為止應該還沒有人的名字跟我重複，所以……對，我就是。」

洛軒很乾脆地承認這件事情。

「放心吧，你的名字這麼土，不會有人跟你取一樣的名字的。」少女冷哼一聲說道。

「你還有臉說我喔……」洛軒翻了個白眼說道：「妳在學校也沒有這麼直接吧。」

不管再怎麼說，劈頭就說別人取名很土也太過分了吧？洛軒這麼想著。畢竟這個名字可是自己花了好幾個晚上才決定出來的。就算對方是自己的同班同學，而且還是個美少女也不可原諒……但對方應該不是故意的吧？就一次、就原諒一次而已喔！

「話說回來，只有一方自我介紹也太狡猾了吧。」把話題從自己那個被稱為「很土」的名字轉移走，洛軒挑眉問道：「請問這位小姐，妳叫什麼名字呢？」

「嗚……！」聽見洛軒的問題，少女面有難色地縮了縮身子。四處張望確定沒有人看向這邊之後，才戰戰兢兢地拿出自己的手機操作了幾下。

很快的，洛軒的手機便響起了通知：【您有一個陌生訊息】

是的，洛軒根本就沒有加過少女任何通訊軟體的好友，大概是對方從班級群組裡面找出自己的吧。

打開了對方傳過來的連結，原來是一個虛擬實況主的社群帳號。

帳號的擁有者是一個身穿學生制服，有著金色長髮、湛藍色雙眼的可愛二次元少女；帳號的名稱則是：

「世界第一可愛的彩璃——新人Vtuber、努力成為最強中！」

洛軒盯著帳號的名稱跟那個放在頻道主畫面的金髮少女，又抬起頭看了看眼前的同班同學。

過了幾秒鐘之後——

「……呵呵。」

「不准笑！」少女惱羞成怒。

「憑什麼不准笑！」洛軒惡狠狠地回嘴道：「妳剛才說什麼來著？我的取名很土？妳也半斤八兩吧！」

「太過分了吧！這個名字可是我花了三天三夜才想好的欸！」

「那麼下一次麻煩記得別人也可能花了很長時間在想名字，妳這笨蛋！」

「竟然一直罵女生笨蛋！你知道紳士禮儀這幾個字怎麼寫嗎！」

「妳——」

「那個——」

在衝突的火花即將在兩人之間點燃時，第三人的聲音突然插入了對話之中。

洛軒和虛擬身分叫做彩璃的少女同時轉頭看向聲音來源，原來是一個穿著休閒襯衫的年輕男子。

此時男子笑了笑，自我介紹道：「抱歉打擾兩位了，我是老磚。」

一聽見這個名字，洛軒跟彩璃兩人的表情都變得有些微妙。因為眼前的這位襯衫男子，是個十分特立獨行的傢伙。

老磚，虛擬界鼎鼎有名的話癆。此人光是平日的深夜的雜談直播，就能達到兩萬人同時上線的可怕數字；更可怕的是在他的直播當中，光是特地留言嘲諷的人數，可能就占了同時觀看者的一半以上。

而老磚在一邊胡亂聊天的過程中，也會觀察聊天室的留言並且用幽默……大多時候則是過分尖銳的方式來回應。而粉絲跟老磚隔空「交火」也成為了老磚直播的一大特色。

在某次的訪問中，老磚也針對這一點做出了自己的解釋：

「為什麼要跟來看直播的觀眾對嗆？首先我們要先澄清一點，我並不是特別針對粉絲或是觀眾對嗆。對我來說，這只是一種出自禮貌上的合理問候。對，你沒有聽錯，這只是一種問候而已。這種問候的傷人程度大概就跟你每逢過節回家總是會被你親戚、你阿姨、你二姑、你三姨媽等等等等問候的概念一樣。比如你什麼時候買車、你什麼時候買房子、你什麼時候結婚巴拉巴拉——」

由於篇幅過多而且大部分都是不著邊際的廢話，後續到底說了些什麼其實也沒什麼人記得清了；簡單來說，在老磚的價值觀裡面，粉絲跟黑粉大概是同一種生物，所有的黑粉行為都是物極必反、由愛生恨的結果。

「粉絲有多愛你、他們就會嗆得多狠。」這是老磚某次在經過兩個小時的「奮鬥」之後，在屬於虛擬實況主的群組裡說出的一句名言。

而此時此刻，這名看上去還挺帥氣的男子就這麼站在洛軒跟彩璃旁邊，手上還拿著一杯像是氣泡飲料的不明液體。

當然，他的站姿絕不是什麼符合紳士禮節的優良姿勢，微微駝背、一邊的手大剌剌地插在口袋裡面，臉上帶著的輕浮笑容，讓他更像是正準備走進酒吧或夜店大殺四方的輕佻男子。

「老磚。」洛軒跟老磚算是有些交情的，此時率先接過話題：「我是洛特。」

「我從剛剛就在猜是不是你。」老磚露出大大的笑容說道：「果然虛擬世界中很受歡迎的人，到現實也很受歡迎呢。」

「這算是稱讚嗎？」洛軒苦笑，同時向老磚介紹了一旁的少女：「這位是彩璃。」

「沒聽過。」老磚抓了抓自己的腦袋，試圖回想這個名字：「不過這個機會這麼難得，不然彩璃小妹妹有沒有興趣跟我來聊聊天啊，哈哈哈哈。」

老磚沒聽過彩璃、但彩璃卻知道老磚是個什麼樣的人。為了避免自己的耳朵接下來遭受無情的言語砲火，少女的身軀往遠離老磚的方向不著痕跡地縮了縮。

老磚似乎也只是隨意說說，並沒有真的打算跟少女來些「深入交流」，他只是揮了揮手說道：「開玩笑的啦，我怎麼會做出這種當電燈泡的沒品行為呢？我可是個很懂得看氣氛的男人呢。」

說完，老磚就離開這邊，跑去其他地方跟別人搭話去了。甚至連讓洛軒反駁「我們不是你想像的那種關係」的機會都不給。

「呼……」

眼看老磚離開，彩璃這才鬆了一口氣。雖然她並不排斥認識新朋友，但是要面對老磚那宛如機關槍般大量的聊天內容——尤其絕大部分還沒有什麼意義的情況，彩璃還是敬謝不敬的。

「雖然老磚廢話很多，但他意外地是個有常識的傢伙。」洛軒簡單說道，算是替老磚緩頰。

「我知道啦。不過話說回來，吳洛……洛特。」彩璃原本差一點又要喊出洛軒的名字，但是看見洛軒的臉色之後趕緊更正道：「你真的跟在學校裡給人的感覺很不一樣欸。該怎麼說呢……感覺你現在很……輕鬆？」

「我當然覺得輕鬆啊。」洛軒回答：「現在在這間咖啡廳裡面的人，就算不是很熟、起碼也算是有共同話題的同好。」

「哼……？這樣啊。」

彩璃又喝了一口咖啡，而後帶著壞笑說道：「你就不怕我下星期在學校跟同學聊天，一不小心說溜嘴？」

「首先，彩璃同學應該不是那種冒失角色吧。」洛軒挑眉說道：「還有妳是不是搞錯了什麼？」

「嗯？」

「如果妳在學校裡面…『哇！原來某某同學其實就是虛擬實況主欸！』這樣說，妳以為妳得到的反應會是…『咦？原來某某同學在做虛擬實況主喔！』這樣嗎？」

「欸，不是嗎？」

「當然不是啊。」

洛軒喝了一口冰沙，冷笑說道：「正確答案是──『為什麼……彩璃同學會知道某某人是虛擬實況主？難道妳對這方面的知識很熟嗎？原來彩璃同學也是個阿宅啊。』」

洛軒攤手：「——這樣才對吧？」他說。

「……」少女沉默了。

「就我所知，妳平常在學校裡面根本就不會談論到動畫、遊戲或者是虛擬實況主。」洛軒繼續說道：「很顯然你也不想要讓自己的這一面曝光，對吧？要是被班上那幾個喜歡聊八卦的女生小圈圈知道了，大概明天全校就都知道妳的祕密了吧。」

彩璃的視線開始游離不定，試圖讓自己冷靜下來。然而彩璃的表情早已洩漏了她內心的慌亂，洛軒甚至可以感覺得，到眼前的少女此時背脊早已冷汗直冒。

「說到底，比起我這種早就已經被認定是個阿宅的平凡無奇高中生，妳出現在這個地方才比較奇怪吧。」洛軒給予了最後一擊：「學校裡面品學兼優的校花小姐，原來真正的興趣是成為虛擬實況主啊；結果沒有想到會在這個地方遇見同班同學，把自己藏得最深的祕密給暴露了呢。」

「嗚啊啊啊啊啊！」

彩璃抱著頭，不顧形象地趴在桌上喊著：「不要！不要再說啦啊啊啊——！」

「嘛。」

過了幾分鐘後，洛軒終於把自己面前的冰沙解決掉。

在這段期間內，不知道其他人究竟是無意還是有心，竟然沒有任何人跑來跟洛軒打招呼——鐵定是老碍那個傢伙再度發揮了他的天賦、讓本來十分單純的偶遇，在他的嘴裡變成加油添醋過的奇怪版本。顛倒是非的程度簡直像是流言界的五星級大廚。

看著同桌的少女，洛軒繼續說道：「不管怎麼說，妳會出現在這裡，確實是讓我嚇了一大跳。」

「……現在不要跟我搭話。」把自己的腦袋埋在臂彎之中的少女，用著悶悶的聲音回答。耳畔的髮絲因為說話時的起伏而滑落下來。

「妳到底要消沉到什麼時候啊。」洛軒說道：「被我知道就這麼不堪嗎？雖然我是無所謂啦……但還是會覺得難過的好嗎？」

「……不是這樣子啦。」

聽見洛軒的話，彩璃終於抬起頭來。不知道是不是因為把自己的臉整個遮住太久，此時少女的臉頰上帶有淡淡紅暈。

「我只是沒有想到在這種地方還能夠遇見同班同學……抱歉，我反應太過度了。」

「不，我也不是要叫妳道歉啦……」

被彩璃突如其來的道歉給弄得不知所措的洛軒，一時間也不知道該說什麼，只好偷偷看著坐在自己對面的少女接下來的反應。

少女原本白皙的皮膚此時增添了一絲絲的淺紅、午後的陽光則恰到好處地映照在彩璃的臉龐上。

原本就已經很可愛的少女在背景的襯托之下，完全吸引了洛軒的注意力。

似乎注意到視線，彩璃也望向了洛軒。

四目相對。

……僅僅是一瞬間，因為洛軒立即就把自己的目光移開，假裝攪拌著面前那杯早就已經喝得見底的冰沙。

過了幾秒鐘，洛軒才又偷偷地重新抬起頭——然後，再一次四目相對。

「就知道你還會看過來。」

在和洛軒第一次有視線接觸時，彩璃似乎就沒有移開視線；此時少女一邊壞笑，用著一臉「抓到你了吧」的表情看著對方。

少女的眉毛隨著笑容自然地彎了起來，就跟在夜晚中驚鴻一瞥、偶然望見躲在薄雲之後的弦月一樣，令人失神。

「咳咳。」不敢多望一眼，洛軒故作鎮定地轉移話題：「所以，妳開始實況活動多久了？」

「我想想喔……」彩璃微微歪著頭回想，過了幾秒鐘後回答：「大概……一兩個月而已吧？」

「順帶一問，為什麼是現在？」洛軒又問道：「不要誤會——我只是很好奇妳在

這個時間選擇成為虛擬實況主的理由。」

「……興趣使然跟臨時起意？」

「也太隨意了吧。」

「我可是很認真的。」彩璃說道：「我最近還在想說要不要直播比較有人氣的遊戲，比如EPS或是恐怖遊戲之類的……不然你成為虛擬實況主是為了什麼？總不可能是為了把妹吧。」

「沒什麼。」洛軒淡淡帶過：「就只是因為虛擬實況主比較自由而已。」

以虛擬身分在網路世界活動，所帶來的自由感是無與倫比的。畢竟絕大部分的人，並不會在意躲在虛擬身分後面的人到底是誰、過著什麼生活。

只要在虛擬世界，就能夠比誰都還要自由。

就算偶爾會有惡意言論或是嘲笑，那也沒有關係。至少，不是對著現實的自己——

手邊傳來輕微的凹折聲響，將洛軒的思緒拉了回來。原來是自己在無意之中把吸管頭給折彎了。

「……然後我還要跟很多人聯動，最好是跟那些超可愛的虛擬實況主，而且我還想要跟粉絲一起做同時視聽或是玩遊戲之類的……喂，你有在聽嗎？」

「嗯？啊，嗯嗯，我在聽。」

「騙人，你剛才的回答超級敷衍的。」彩璃雙手環胸，頭偏向一邊說著：「看來某人因為自己是世界前三，就完全瞧不起新人呢。」

「妳是從哪裡觀察得出這種荒謬結論的。」洛軒沒好氣地說著。

「你還說我沒有目標呢。」彩璃挑眉道：「我印象中，你好像也沒有特別做些什麼吧……竟然只用了一年半的時間就累積了這麼多粉絲。」

「我只是很幸運而已。」

「所以成為前幾名也只是順帶的而已？你也太自信了吧。」

「也不能這麼說吧。」洛軒皺眉：「名聲對我來說並不是成為虛擬實況主的原因。我從一開始就只是為了能夠很自由地過著每一天，才想成為虛擬實況主的。當然，我也很享受跟粉絲之間的互動，比如在提問箱回答他們的煩惱啦、幫心情低落的人們鼓勵打氣之類的。」

在這過程中，不知不覺就成為前三了——洛軒對此當然也感到很開心，畢竟這也算是一種被粉絲們認可的象徵。

彩璃若有所思。

「不過，既然是同學。」洛軒聳聳肩：「如果妳不介意的話，我們之後也可以一起聯動玩些遊戲什麼的，或是我介紹妳給其他女性實況主認識……」

「——既然這樣。」彩璃打斷了洛軒的話，同時看著對方說道：「那要不要，一起成為『世界最強』？」

位於市區大約二十分鐘的步行距離，便是在大約五六年前所規劃的新型住宅區。

雖然已經是入秋時節，但走在街道上依然能夠感受到那股溼熱黏膩感。飛蛾或者是其他叫不出名字的昆蟲聚在燈光下喳喳飛舞，偶爾爾吹過的微風稍微帶走一點熱度、也帶走了一絲因為天氣而連帶影響的壞情緒。

用鑰匙打開自家的大門，一踏入玄關時位於天花板的照明便會自動開啟；同時空調也開始運轉、讓回到家的洛軒能夠從外面有些悶熱的環境中逃離。

『歡迎回來，請問您今晚想要吃些什麼呢？』輕柔的女性聲音傳來。

「義大利麵。」洛軒一邊回答，一邊往房間的方向走去。

『確認冰箱食材狀況……正常、可製作。』

『正在搜尋相關食譜……』

『開始烹飪，預計於十五分鐘後完成。』

「智慧型管家就是方便啊……」洛軒一邊感慨著，一邊打開了房間的門。

四周的牆壁以及房門都選用了隔音設備，防止直播時外界的聲音傳入直播中從而被有心人士定位——雖然現代的直播系統，已經能夠將背景的雜音抑制到最低程度，但洛軒依然不敢掉以輕心。

即便是如此發達的時代，都還是需要擔心背景音的問題，真不知道當年那些開創這片「世界」的前輩們是怎麼撐過來的。

簡單梳洗之後，洛軒便回到客廳，面前是剛完成的義大利麵，對著空無一人的四周自言自語著：「……我開動啦。」

洛軒是高中才獨自一人搬到城市，父母則待在老家。

至於獨自一人到其他地方升學的原因……就是單純不想跟國中同學們同班或是同校，僅此而已。

將盤子內的麵條用叉子捲起，恰到好處的調味與番茄的淡淡香味，讓洛軒充滿了食慾。如此的料理換作是洛軒自己是無法重現的，每到此時洛軒依然會讚嘆著科技的便利性；尤其是經過設計者多次嘗試、調整後的結果，確保每一次的料理口感與調味都相同，更是洛軒這種廚藝白痴的福音。

即便會失去親自下廚的冒險感與不確定感——但這是吃飯，又不是在玩危機一發，對吧？

電視此時正播放著專題節目。洛軒此時剛好閒著，就稍微關注了一下。

「在過去的二十年來，人們對於科技的依賴越來越嚴重。」一個像是學者的中年男子如此說著：「新一代的小孩可能沒有辦法理解，一天沒有穿戴式裝備或是沒有智慧型管家是什麼生活，就跟我們以前沒有辦法理解，為什麼有人可以不用智慧型手機一整天一樣。」

「教授的年紀應該還沒有老到產生這種隔閡感吧。」主持人是個年輕的女子，此時笑著說道。

「哈哈哈，還記得我剛升上高中的那段時間，用的手機甚至不是智慧型手機，而是滑蓋式手機。同學都笑說那是『智障型手機』呢。」

「原來是這樣。話說回來，教授對於現今非常火熱的『虛擬世界圈』又是什麼樣的看法呢？」

「虛擬世界圈啊……我記得這種概念正式有一個名稱去定義，大概就是在二〇二二、二〇二三年的事了。」男子說道：「虛擬世界直到現在還非常熱門，其中一個很大的因素，就是因為它的內部生命週期實在是太短了——每一天都會有新的東西出來，但也會有更多的東西消失。」

「在一開始，虛擬世界的用意是讓人們能夠拋開各種隔閡，在一個社交圈之內做互動……在虛擬世界，你可以成為任何人。」

主持人跟教授中間的螢幕上，投影著過往種種的虛擬形象與技術變化的相關紀錄。教授則一邊推著眼鏡，繼續解釋著：「但隨著時間推移，人們開始花更多的時間在虛擬世界上、而非現實生活——請看一下這份關於現實社交傾向與喜好統計的相關內容。」

男子簡單操作了幾下後，一個簡單的統計表出現在螢幕上；隨著橫軸上的時間離現在越近，縱軸則宛如深海裂谷一樣呈現可怕的斷層式下跌。

「人們充滿自信地建立自己在虛擬世界的關係，但反而開始忽略現實中真正接觸到的日常生活。」

「您認為這種現象的原因是？」

「因為認同感。」男子說道：「即便我們已經跨越了如此多的難關，人們還是無法將自己『完整』地暴露在社會之中；但在虛擬世界之中，這麼做會比在現實當中輕鬆許多。」

……

即便已經吃完了晚餐，洛軒依然坐在原位看著電視；同時思緒也飄至幾個鐘頭之前──

「妳啊……妳真的知道妳在說什麼嗎？」

「嗯？當然知道啊。」

彩璃一手撐著自己的臉頰，另外一手則指向洛軒：「怎麼，你覺得我做不到嗎？」她問。

「妳要不要先看一下自己的追蹤人數再來跟我說這句話。」

「凡事都要從零開始的嘛。」

「不是那個問題……」洛軒覺得眼前的少女有些過於不切實際了：「妳知道從妳現在的追蹤人數開始到成為世界第一，要花多少時間跟精力嗎？」

「更不要說，在妳努力的這段時間，所有人同樣也是一樣努力著的！更不要說有些實況主身為企業勢，他們的資源跟保障根本不是我們可以比擬的——」

「所以就不可能了嗎？」彩璃的聲音打斷了洛軒的話。

「咦？」

「啊，不要誤會喔。」少女笑著說道：「我知道你想說什麼——只是憑藉著『努力』，是沒有辦法達成目標的。我並不是要否定這件事情喔，實際上，我也是這麼覺得的。」

少女如此喃喃：「……是啊，僅僅是依靠『努力』這種虛無縹緲的概念，是絕對沒有辦法的；人生又不是電影或是小說，不可能這麼順利。」

彩璃的身體微微前傾、充滿活力的雙眼盯著面前的少年。

「嗚啊？」洛軒被對方的舉動嚇得往後一仰：「妳幹麼？」

「但是啊……」彩璃露出一個大大的笑容，這麼說道：「——還沒有試過之前，誰又能知道結果會怎麼樣呢？」

「說到底，如果連自己都不相信自己會成功的話，又怎麼可能讓其他人相信自己呢？」

聽見對方的話語，洛軒愣住了。

明明知道只有努力是絕對不夠的，卻還要相信自己做得到？

洛軒無法理解，也做不到像對方這樣的思考。

陽光斜照進咖啡廳之內，就像是聚光燈一般照亮眼前的少女；她的渾身上下充滿著自信——顯得耀眼無比。

那樣的自信、那樣的神情——令洛軒無法移開自己的視線。

……突然從手邊傳來的微弱震動，將洛軒拉回現實。

原來是手機訊息提示。訊息來自於洛軒在社群軟體上加的少數幾個群組之一。

【今天的線下聚會辛苦大家了~大家都平安回家了嗎？】

【回到家囉。】

【都已經準備要開始追劇了啦。】

【謝謝群主今天舉辦的聚會！】

洛軒笑了笑，也在聊天室裡留言道——

洛特【我剛剛才回到家，正在吃晚餐。】

老磚【欸？洛特你剛剛才回到家嗎？明明我印象中你也住在市區吧？】

洛特【心情不錯，到處晃了會。】

老磚【有這種時間還不滾去直播啊。】

洛軒發了個翻白眼的表情過去。

老磚很快就有所回應，是一個中指表情圖。

正當洛軒打算無視對方的表情時，另外一人的訊息也跳了出來。

彩璃【謝謝群主邀請我參加這次的聚會！】

彩璃【跟大家比起來，我還只是新人而已……請大家多多指教囉！】

說得也是，為什麼對方明明是個新人，有辦法加進這個大部分成員都是已經活動超過一年以上的群組裡面呢？

……算了，下次問問群主吧。

洛軒收拾一下桌面，接著回到自己的房間內。

打開電腦編輯下次直播要使用的各種素材、安排下一週的預定行程、在社群軟體上發布新貼文刷刷存在感。

這些，就是洛軒的「日常」

很快，社群上面一個名叫「洛特——來自黑暗深淵的使者」的帳號更新了一則新的簡單貼文：

【就算是週六，各位黑衣民們也要注意自己的作息喔！明天沒有預定的直播，大家也要好好休息！順帶一提，今天參加的聚會很有趣！】

在發布完新貼文之後的洛軒閉上眼睛思考了一陣子。

打開了通訊軟體、找到群組成員當中那個有著金髮美少女的大頭貼。

「彩璃」，這是大頭貼的名字。

洛軒似乎猶豫了許久，最後才對著頭像底下的＋字號點了一下。

【您已將「彩璃」加為好友】

軟體跳出了這一個顯示。

接著，洛軒用著自己此生最快的打字速度發布了另外一則新貼文，並將所有的通訊、社交軟體通通改成隱身，最後直接往房間內的床鋪一倒，把自己的腦袋埋在枕頭裡面。

新貼文的內容一發布，馬上就被許多關注者轉貼：

【今天在聚會遇見了一個很有趣的人，叫做彩璃。雖然只是個新人，但也希望大家多多支持她喔！】

貼文最末端，則是彩璃社群帳號的連結。

「希望不是自我感覺良好啊……」

洛軒翻過身，望著天花板一邊喃喃。

別想這麼多吧。洛軒這麼想著，打算好好放空睡一覺，至於其他的事情就留到明天再說。

但是……

『要不要，一起成為世界最強？』

來自少女的邀請以及她當時的笑容，如同醉人的香氣，在少年的腦海之中揮之不去。

第2章　內向少年不會遇見校花同學

星期日。

天氣預報顯示今天是個出門踏青的絕佳天氣，適合都市人們好好地吸收芬多精或者感受一下大自然。

但洛軒並不是這種會被世俗偏見限制自己視野的人。自從把這週將所有的直播行程安排好之後，他就已經打定主意要在這一天待在家裡看看動畫、玩玩遊戲，毫無壓力地度過一天。

無論颳風下雨，還是晴空萬里，不管發生什麼都不會影響自己的計畫——本來應該是這樣的。

然而此時此刻，位於市區的一間簡餐店內，少年和少女面對而坐。

店內的音響正播放著某首洛軒根本沒聽過的流行歌曲，但周遭傳來的聊天聲與嬉笑聲，卻把音響發出的宏亮聲響給壓了過去；與此同時，伴隨著中央空調的壓縮機運轉聲，多種來源的聲響讓這個簡餐店宛如一個缺少指揮、各自為政的交響樂團。

桌上是剛送上來的焗烤燴飯，此時正冒著熱騰騰的香氣、要是湊近耳朵還能夠聽見細微的油脂滋滋聲。但即便起司的香氣不停地飄進洛軒的鼻腔之內，他依然沒有任何食慾。

「……那個，可以跟我解釋一下嗎？」

洛軒面無表情地說道：「為什麼我非得在星期天早上，跟同班同學一起出門採購不可啊？」

「能夠跟我這樣的女孩子一同出門逛街，你對這種情況有哪裡不滿嗎？」

「我對全部的一切都很不滿。」洛軒回答。

這一切都要從今天早上開始說起。

原本以為能夠悠悠哉哉度過一天假日的洛軒，在一大清早就被手機訊息吵醒，一打開螢幕便看見彩璃的訊息：

彩璃【醒著嗎？】

彩璃【醒來了吧？】

彩璃【那個，雖然有點突然。】

彩璃【可不可以請你幫我一起挑選直播用設備啊？】

詐騙集團？這是洛軒看見訊息的第一個反應。

再次確認發來訊息的主人，的確是昨天才剛互加好友的同班同學，洛軒揉了揉還有點睜不太開的眼睛，看向手機上的時間。

八點十分，洛軒從來沒有在平日上學以外的時候如此早起過。開什麼玩笑啊，洛軒如此想道。

幾乎沒有遲疑，洛軒速度飛快地回訊：

洛特【我拒絕。】

彩璃【那就說定了喔！十一點在電子商品廣場見！】

聽人說話啊。這是洛軒的第二個反應。

雖然很想要無視對方，但是如此冷淡地對待既是同班同學又是同行的虛擬實況主，似乎又有些不妥。

盯著通訊軟體上對方的大頭貼，洛軒左右為難——然而出自社會常識跟一點點好奇心，洛軒依然決定換裝出門。

穿著黑色的 POLO 衫與橄欖綠的長褲，走在街上的洛軒邁著不算太大但速度不慢的步伐，經過一個又一個的行人。

視線總是盯著前方的地面、偶爾抬起頭看向擦肩而過的路人——自然地混在人群之中，這是洛軒平時走在街上的「愛好」之一。

即便是虛擬世界前三的超人氣實況主，由於是「虛擬的」，所以實際上並沒有人真正見過「洛特」的長相。

如果是世界前三的演員或是歌手，一定會在走出大門的那瞬間就被瘋狂跟拍了吧？

洛軒可沒有被粉絲或是記者圍觀的喜好，如果自己遇見這種情況，大概就一輩子閉門不出、與世隔絕也說不定。

洛軒走在路上時，腦袋裡面總是在胡思亂想，像是住著一群永遠也不懂得安靜下來的黃雀們；時而吱吱喳喳、時而展翅群飛。

這讓洛軒獨自一人的路途變得不那麼煩悶、也稍微忘記豔陽的炎熱感。

然而，在洛軒到達約好的集合地點時，卻遲遲沒有等到對方。

找了個有樹蔭的長椅坐下，洛軒一邊滑著手機、一邊更新了自己在社群上的新動態：

【黑衣民的各位週日早上好~明明是週末，卻還是要趕往工作室做收錄，真的是有夠忙的啦。希望各位也能夠開心充實地度過一整天！】

滑動著手機螢幕、簡單關注幾個網路上的新聞，洛軒便將手機螢幕切換至群組聊天室。

一點開聊天室，洛軒就已經熟練地把對話紀錄直接拉到最下面——因為絕大部分的訊息，都來自於老磚毫無營養的廢話。

而最新跳出的訊息是一個螢幕截圖，看著還挺熟悉——洛軒看了幾秒鐘，才發現截圖就是自己社群帳號的頁面。

老磚【收錄？什麼鬼啦哈哈哈哈哈哈明明就是個足不出戶的陰沉死宅。】

老磚【@洛特　趕快出來，好好跟大家解釋一下啊哈哈哈哈哈。】

洛特【信不信我直接封鎖你？】

老磚【你想的這個理由爛到爆，連我的黑粉都騙不過。】

老磚【怎麼？坐在電腦桌前太久了，終於想起現實世界的溫暖了嗎？】

洛特【可以的話我也不想出門好嗎。】

群主D【洛特今天跟別人有約了？還真稀奇。】

洛特【只是被莫名其妙叫出來而已。】

「——也太過分了吧，什麼叫莫名其妙啊。」

突然傳來的少女聲音讓洛軒嚇了一跳。抬頭一看，原來彩璃此時正站在自己眼前。

剛才忙著在聊天室輸入訊息沒注意四周，洛軒尷尬地咳了幾聲站起來。

「本來還想說有點小遲到了還挺不好意思的，結果打開手機一看，你還真不留情啊。」彩璃笑著說道：「怎麼樣？承認跟女孩子一起出門逛街，就這麼丟臉嗎？」

「不是啦……」洛軒乾笑：「只是想著要解釋起來會很麻煩……」

「大方跟粉絲們承認有什麼好麻煩的？」

「我可不想因為這種原因就被炎上啊。」

「欸？你的粉絲是真愛粉那種類型的嗎？」

「我是擔心妳會炎上好嗎？」

「欸？」彩璃似乎完全沒有想到對方是這麼想的，愣了一下子後才笑著回答：「原來是在顧慮我嗎……抱歉，我沒注意到。」

「雖然可能只是我多管閒事。」洛軒說道：「不過這個圈子就是這樣啊。我們並不是用著真實的面孔面對世界，所以我們的一舉一動在粉絲的眼中充滿著未知。」

「因為未知，所以人們時常會用破碎的線索拼湊出自己想要看見的結果。」洛軒聳聳肩，有些無奈地說道：「像是只願意相信自己認知，完全不接受有任何偏差的過激廚、或者是不分場合，給其他人造成困擾的厄介粉絲，都是這樣的喔。」

「是嗎……」

彩璃若有所思。

「先不管這些了。」洛軒說道：「妳今天要採買直播用設備吧？走吧，趕快搞定趕快回家。」

「在那之前。」少女用著宛如天使的笑容，說出了對於少年而言是惡魔般的話語：「既然都快要到午餐時間了，不然就先一起吃個午飯怎麼樣啊？」

……

「時常抱怨的男性可是不會受女性歡迎的喔？」

「所以說，到底為什麼會變成這樣啊？」

一邊說著，彩璃用著湯匙挖起面前散發熱氣與香氣的焗烤燉飯，小心翼翼地吹了幾口氣後，才小口小口吃下。

洛軒用手裡的湯匙漫不經心地攪拌著面前的燉飯，視線不經意地瞥了一眼坐在對面的少女。

髮絲隨著彩璃的動作微微滑落、讓她只能伸出手來重新撥了撥自己的長髮；也許是因為剛上桌的緣故，即便事先已經吹了好幾口，彩璃吃下食物之後依然像是被燙到一樣，微微吐了吐舌頭。

「唉……算了。」轉回視線，洛軒嘆氣說道：「不過直播用設備是怎麼回事？妳怎麼會現在才開始準備啊？妳不是已經開始活動一段時間了嗎？」

「那是因為我之前使用的設備是二手貨啊。」

彩璃回答：「本來想說用二手的設備應該也不會差到哪裡去……但是我昨天在看自己的直播檔的時候，發現不管是音質還是投影效果都有點不太好啊。所以我才想說要不要乾脆把設備都換新比較好。」

「行動力也未免太強了吧。」

「那是當然。」彩璃說道：「我可是很認真要成為世界第一的。」

「就算妳的競爭對象包含企業勢的成員？」洛軒疑惑道：「妳有想好要用什麼辦法吸引跟留下觀眾了嗎？」

「總會有辦法的嘛。」

「妳原來是這種樂觀的人嗎？」

「把事情想得太糟，對完成目標可是一點用處都沒有喔。」

「唉……」洛軒嘆了一口氣，有氣無力地說道：「好吧，我就姑且相信妳是認真的。」

「那還真是謝謝你啊。」

「不過妳到底為什麼會想要當虛擬實況主啊？」洛軒問道：「我昨天也問過妳了，只不過被妳狡猾地避開了。」

「這可是祕密。」彩璃笑著回答：「洛軒同學應該不會這麼粗魯地把女孩子內心的祕密給挖掘出來吧？」

「不想回答就直接說嘛……」洛軒翻了個白眼：「雖然我們確實不太熟就是了。」

「明明是同班同學？」

「妳難道跟全班每一個人關係都這麼好嗎？」

「當然不是啊。」彩璃心情似乎不錯，笑嘻嘻地回答：「不過我還是有自信，面對全班任何一個人都能夠說上幾句話的。」

「嘿，這樣啊……」

「不過……」少女的視線望了過來：「真的要說的話，能夠跟我一起聊『興趣』的話題，洛軒同學也許是第一個也說不定呢。」

「妳們女生不是都有那種嗎？閨密什麼的。」洛軒拿起飲料喝了一口：「妳沒有跟她們說過嗎？」

「真可惜，她們忙著追星、聊打扮、化妝跟八卦。」彩璃說道：「至於遊戲？那只是她們用來跟心儀的男生拉近距離的工具而已。」

「真可怕。」洛軒如此評價。

「其實也沒有你想得這麼誇張啦。反正洛軒同學並不會引起她們的注意，不用擔心這麼多。」

「我是該高興還是該難過啊？」

「當然是高興啊。」彩璃拿起一旁的餐巾紙擦了擦嘴脣，而後笑著說道：「你不會想要捲入女生的爭奪之中的。」

「——好啦，該做正事了。」

走出餐廳，正好能夠看見位於正對面的戶外大樓，牆壁上高掛著巨型的螢幕正播放著五彩繽紛、吸引目光的廣告：

【V-GATE全新版本近期上市！重大更新將為您的虛擬世界，帶來魔法一般煥然一新的體驗！】

——在經過了充滿未知的初期、百家爭鳴的發展期，如今的虛擬直播界已然進入最為成熟的時期。

現在，只要簡單的設備，任何人都能夠做直播。

將過往數種不同設備如擷取器、混音器等等，整合設計後以方便新手使用。

除此之外，設備還能夠在經過掃描之後，投影出各種環境。比如在直播遊戲時，也能讓收看直播的所有人彷彿身處在遊戲當中；虛擬實況主們在做一般的直播，也可以將環境設定為星空、草原、城市中央等等……讓觀眾跟虛擬實況主的距離，在視聽感受上更加接近彼此。

只要一個簡單的機器，就能夠打開虛擬世界的大門、讓彼此的「距離」觸手可及——這種整合過後的設備如今被人們以「V-GATE」稱呼。

洛軒今天便是要協助彩璃一起挑選 V-GATE。

「以防萬一我先問一下。」當兩人站在電子商場的門口前，洛軒開口問道：「妳今天的預算大概是多少來著。」

「說得也是，我想想……」彩璃歪著腦袋思考了幾秒鐘，說道：「應該是卡被刷爆之前吧。」

「妳這麼有錢的嗎？」洛軒一臉驚恐地看著身旁的少女。

「我可是存了很久了……放心吧，不是來路不明的收入好嗎？」

「好吧，妳沒問題就好。」洛軒說道：「幫忙挑設備……沒想到我有一天還真的會變成工具人一樣的存在……」

「也不用說到這種程度吧。」

兩人一起走進商場內。

在過來的途中，洛軒已經事先詢問過彩璃電腦的規格、並依此替對方先整理了幾款不同的 V-GATE 供彩璃參考。因此挑選設備實際上並沒有花費太多時間。

在彩璃正在跟店員確認一些基礎的操作時，洛軒則隨意地在商場各處晃蕩。

拜科技所賜，現在已經沒有人會埋伏在車站這種人潮眾多的地方，突然塞一堆傳單或是小東西，半推半就地逼迫路人做一點也不願意的商業行為——對於不善與人交際的洛軒而言，遇到這種狀況就跟被蛇盯上的老鼠一樣無助、毫無反抗能力。

取而代之的，是現在環繞在洛軒身邊大大小小的虛擬螢幕，上面是各種促銷、廣告等等。

拒絕真人也許有些吃力，但拒絕科技對於洛軒而言簡直是小菜一碟；他揮了揮手，將這些飄在自己身旁的虛擬螢幕驅趕走，轉過頭去看向仍在聽店員介紹的彩璃。

後者一臉認真，有時會點點頭、有時則會微微皺起細長的眉毛。

真厲害，洛軒想道。能夠這麼自然地跟陌生人對話，而且即使是在詢問自己不懂的資訊，臉上卻完全看不出任何緊張的神情。

口袋內的手機傳來震動，洛軒拿出來一看，原來是好友訊息。

圖像是一個可愛的白色短髮少女，背景則是飄著細細的雨、頭像的名稱則是「細雨」。

細雨【剛剛看到群組訊息，你今天有出門？】

洛特【嗯，跟同學一起。】

細雨【你什麼時候變成社交達人了？】

看著對方傳過來的訊息，洛軒彷彿可以看見對方鄙視的眼神。

洛特【沒辦法，對方是要問有關於直播的設備問題。】

細雨【女的？】

洛特【到底是怎麼推導出這個結論的。】

細雨【所以真的是女的。】

細雨【誰啊？】

洛特【同學。】

細雨【多謝你一點用處都沒有的回答。群組裡的人？】

洛特【妳根本就在偷窺我的生活吧。】

細雨【因為你根本就沒有群組以外的朋友吧。】

細雨【不是挺好的嗎？有同學可以一起聊這個。】

洛特【勉勉強強吧。妳呢？昨天怎麼沒去線下聚會？】

細雨【準備考試。】

洛特【辛苦了。】

細雨【謝啦。不打擾你約會了。】

看見對方傳過來的訊息，正當洛軒想要回覆的時候，彩璃走了過來說道：「我這邊好啦——你在幹麼？」

「嗯？啊！」洛軒一秒鐘收起手機：「什麼都沒有。」他說。

「……該不會在看什麼色色的網站吧。」微微瞇起眼，彩璃壞笑說道：「如果你是那樣的人，我可能要考慮要不要跟你繼續有往來了呢。」

「並沒有好嗎？」洛軒翻了個白眼。

「開玩笑的啦。」彩璃吐了吐舌頭說道：「真是的，你也太正經了吧……」

「是妳開的玩笑太爛了好嗎？」

「太過分了吧。」彩璃說道：「啊，對了。你先幫我拿一下喔，我去一下洗手間。」

說完，少女便將手上的塑膠提袋直接塞到對方手中。

「完全就是工具人啊……」

洛軒一邊自嘲著，重新拿出手機想要繼續剛剛的回覆。

然而，細雨早已下線。好友列表的頭像此時灰暗一片。

……錯過了辯解的時機了呢。洛軒如此想道。

算了，下次遇到對方再說吧。

在兩人離開商場之後，洛軒以為就會各自解散，照理來說也確實如此……

「咦？原來你也住在集中住宅區嗎？」彩璃說道：「還真是巧啊。」

「這倒是真的。」洛軒有氣無力地回答。

屬於橘黃色的夕陽光線灑在路面，不知道是因為在外一整天、抑或是因為這抹夕陽餘暉的緣故，給人一種昏昏欲睡的慵懶感。

少女一邊走著，一邊輕輕地哼著簡單的小調。腳下踩著輕快的步伐，光滑柔順的黑色長髮如同漆黑的高級絲綢，隨著行走的起伏輕輕搖曳著。

少年提著一個提袋跟在少女身後，腳步有些沉重。

「怎麼樣？跟女生一起出門買東西再一起走回家的感覺？這可是很難得的喔。」

彩璃的雙手在身後交疊，微微轉過頭笑著看向洛軒。

「……嘛，確實是很難得。」有些難為情地轉過頭去，洛軒這麼喃喃。

「感想也太簡單了吧？」彩璃說道：「再直率一點也沒有關係的喔。」

「直率一點？」洛軒挑眉：「那假如我說今天跟著同班同學一起出門買東西，真的有夠累人也沒有關係嗎？」

「哈哈哈。」彩璃噗哧一聲笑了出來：「說到這份上也太過火了吧。」

兩人繼續走著，直到一處十字路口前。

「不過啊……」彩璃停下腳步，轉身面對著洛軒。「雖然一直說想要換設備什麼的，但是我對這方面的東西並不熟悉；周遭也沒有什麼可以討論或是分享的對象，所以其實很煩惱呢。」

「……」

洛軒並沒有回答。

「就算我們是同學，在這之前我們也沒有太多互動對吧？這麼突然叫你出來幫忙會不會惹你討厭呢？還是會不會覺得我是個很麻煩的同學？」

「……倒也沒有這麼誇張就是了。」

「說得倒簡單，我可是煩惱了很久啊。」許璃說：「老實說，我今天發訊息給你的時候，還以為你會忽視呢。」

「不，我才不會這麼沒禮貌好嗎……」

「——所以。」

許璃往洛軒的方向靠近一步。

「怎、怎麼了？」

「……洛軒同學今天能夠陪我一起來，真的太好了。」少女露出燦爛的笑容說道：「謝謝你。」

洛軒一愣，似乎沒想到對方會這麼正經地跟自己道謝；內心深處，有什麼被輕輕地觸動著。

看著彩璃，洛軒彷彿想起了過去的自己——那個當時對虛擬實況主完全陌生、到處摸索的自己。

上網查詢必要的設備、跟相關的技術人員請教、處理各式各樣的問題……當然，還有那一筆雖然不多，但也絕非什麼不痛不癢的金錢開銷。

雖然並不是真正的獨自一人，但洛軒對於那種「孤獨無助感」，同樣感同身受。

直到昨天之前，也許眼前這位同班同學也跟過去的自己一樣煩惱無比吧；又或者，彩璃一開始參加線下聚會的原因，本就是為了找看看有沒有可以一起商談的對象。

因為不知道從何開始，所以只能笨拙地不斷嘗試著。

「……不用客氣啦。」洛軒只能這麼回答：「有幫上妳的忙就好。」

「你幫的可多了！」彩璃伸出手拍了下洛軒的肩膀，隨後比出大拇指表達自己的讚賞。

「妳的東西。」洛軒遞出手上的提袋給對方。

「謝謝你幫我提著。」彩璃接過提袋：「很重吧？」

「不會啦。」

「那麼……」彩璃指向其中一條路口：「我家往這個方向，洛軒同學呢？」

「這邊。」洛軒指向另外一條路口。

「果然沒有巧合到這種程度呢。」彩璃笑道：「那麼我們就在這邊解散吧。」

「嗯，回家小心。」

「你也是。」

彩璃又看了洛軒一眼，卻沒有說什麼。

「嗯？怎麼了嗎？」洛軒一頭霧水。

「不，沒什麼喔。」

彩璃微微地伸了個懶腰：「嗯～好！回去就把設備安裝好，接下來就看我大展身手啦！你就好好期待吧！」

「好好好，知道了。我會期待。」

「嗯？你剛剛是在敷衍我吧？絕對是在敷衍我對吧！」

「才沒有呢。」

「啊！你在偷笑！」

「我才沒偷笑……哈哈哈。」

「竟然笑得比剛才更大聲！真是的，不理你了！」

少女故作生氣地轉身離開，但走之前同時揮了揮手說道：「明天見！」

少年站在原地，過了好幾秒鐘之後才小聲地回答：「……嗯，明天見。」

隔天，星期一，上午七點四十分。

「那麼，今天早上的雜談差不多就到這邊為止了吧！」

早晨，一名正在通勤的上班族正一邊戴著耳機，一邊專心地盯著自己的手機。

螢幕上，正顯示著一名像是在動畫裡面才會看見的少年。

少年身穿一身漆黑的風衣外套、衣服上有著如同流星一般的暗金色花紋，留著一頭俐落有型的黑色頭髮；一雙湛藍色的眼眸透露著滿滿的自信。

似乎是覺得這樣還有些不夠，這名正在通勤的男子按下手機螢幕，一個環繞著他腦袋的虛擬投影螢幕出現，隨後以他為中心，周遭原本明亮的車廂頓時暗下來、原本或坐或站的人群也被點點星光所取代。

很快地，他便身在一個像是宇宙空間的地方。而原本畫面上那個正在跟觀眾互動的黑衣少年則漂浮在半空中。

此時的少年身旁，還有著不斷滾動的留言以及五顏六色的框框閃過：

【洛特這麼早就要結束直播了嗎！】

【辛苦洛特！】

【真的假的，我還在通勤的路上欸。】

【辛苦洛特！】

【辛苦洛特！】

【不想去上班……】

無數的留言從他身邊如同流星一般滑過，少年伸出手來，選中了其中一個留言，一邊說著：「不想去上班？說得也是呢，畢竟是星期一嘛……嗯，就算不上班也沒問題的喔！」

【草。】

【草。】

【竟然鼓勵粉絲蹺班草。】

「有什麼關係嘛！」少年這麼笑著說說道：「各位！要好好記住了！特休啊，就是只要沒有使用，就會有種空虛感湧上來的東西喔！」

「不要害怕，勇敢地跟自己的主管說聲『NO』吧！」

「那麼，今天早上的直播就到這裡結束了！我是洛特！大家晚上見！」

少年說完之後，畫面便進入了結束動畫；伴隨著輕鬆的音樂跟「請訂閱我的頻道、點讚，追蹤社群喔」的聲音與畫面之中，上班族一臉滿足地關掉螢幕、與此同時，周遭的星空也緩緩退去，不一會兒，又回到了上班途中的捷運上。

……啊啊，果然早上就是要補充些「直播能量啊」，他如此想道。與此同時，他所搭乘的捷運也正好到站，上班族揉著自己的脖子，跟著人潮一同走出了車廂。

同一時間，都市的集合住宅區。

昏暗的房間之中，厚重的窗簾被拉起，不讓任何一點光線有機會滲透進這個空間。如果仔細觀察的話，會發現整個房間都被十分嚴實地包覆著；在這種情況下，整個房間的唯一一個光線來源，是桌上兩臺螢幕散發出的刺眼白光。

空氣之中，僅有空調持續運轉的聲響，以及時不時傳來的鍵盤敲打聲。

「……嗯嗯……」

過了一兩分鐘後，房內出現了新的動靜。藉著螢幕的光源，可以發現螢幕正擺在一張極寬的桌面之上；在桌子面前則擺放著一張椅子。

而坐在椅子上的，則是一個微微蜷縮著身軀的背影。

「……糟糕，今天的直播好像開得太久了。」

身影稍稍偏了一下頭，一邊這麼說著、一邊將戴在耳朵上的耳機給取了下來。

這名人影，自然就是洛軒。

將放在桌邊的手機拿了過來之後，洛軒便打開社群軟體並開始熟悉地操作著。

很快，社群上面一個名叫「洛特——為各位帶來希望的黑衣使者」的帳號便更新了一個新的簡單貼文：

【——忙碌的星期一，剛結束直播的洛特！今天也祝黑衣民的各位一切順利！】

貼文剛發布的數十秒內，便迅速地被人轉貼、留言：

【辛苦洛特！洛特今天也要加油！】

【洛特吃早餐了嗎？要注意身體健康喔！】

【辛苦洛特！】

【這個時間點，假如洛特是學生，感覺也快要遲到了吧（笑）】

……

「早知道就不要搞什麼週一早晨雜談了……」

洛軒一邊自言自語，一邊走出房門，突如其來的光線變化讓他抬起手來稍微遮擋了下。隨後洛軒走進了浴室開始簡單的盥洗。

溫度適中的水浸泡著毛巾，人影接著將毛巾輕輕地覆蓋在自己的臉上仔細擦拭。閉著雙眼感受著從毛巾傳來的溫暖，過了幾十秒之後再緩緩拿下。

一張有些疲憊、平平無奇的少年臉孔就這麼出現在鏡子前面。

把「洛特」從自己的生活中摘除的話，洛軒也不過是個平凡的高中二年級生。

換上了制服，早餐已經透過智能管家的設定預先準備完成。洛軒一邊吃著早餐、一邊用著桌旁的立體虛擬螢幕看著這週的天氣。

這週不會下雨真是太好了呢，洛軒看著天氣預報這麼想著；他並不喜歡下雨的日子，全身會變得溼答答的。

將最後一口吐司塞進嘴巴、撈起丟在客廳沙發上的書包，隨後打開玄關大門。

「──早安，世界。」

少年如此小聲地喃喃，邁步走出。

現實中的洛軒雖然不至於會完全避開交流，但也是那種缺乏記憶點的普通人；就算是住在附近的鄰居，對於洛軒的印象大概也只停留在「雙親在國外工作的高中男生」而已。

「早安啊，洛軒。」

一名牽著一條臘腸狗散步的婦女向洛軒打招呼。

「周姨早。」洛軒同樣笑著點頭回應。

「今天感覺有些晚啊？」被稱作周姨的婦女抬起手臂、一個小螢幕從她手腕上的手錶跳了出來：「都已經八點了喔？」她說。

「哈哈哈……昨天打電動所以今天起來的有點晚了。」洛軒有些難為情地摸摸腦袋說著：「周姨剛散步完嗎？」

「是啊，不過我還差大約幾百步才可以達到早上的運動標準。」周姨回答：「年輕人啊，記得早點睡。別總是玩遊戲到這麼晚。」

「知道了，謝謝周姨關心。」洛軒擺了擺手：「那我就先走啦，不打擾您了。」

「好，別遲到啦。」

在無數次的提議、連署、修改之後，如今的學生只要在八點半前到達學校迎接第一堂課就可以了。而對於住在學校僅僅只需要步行十分鐘的洛軒來說，準時到校並不是一件難事。

刺眼的陽光令洛軒有些睜不開眼，少年的身影一邊走，一邊尋找路邊的遮蔽物試圖抵擋陽光；由於清晨六點便爬起來直播的緣故，洛軒此時也感覺到疲憊正在慢慢地湧上。

即便如此，少年還是一邊打著呵欠，慢慢地散步到路口，跟眾多和自己一樣，身穿學校制服或西裝的上班族一起等待著紅綠燈。

「──喂，你看了昨天的直播了嗎？」

一旁傳來兩名學生的閒聊，討厭跟路人接觸的洛軒不露聲色地跟對方拉開距離；但因為是在聊關於直播的話題，他禁不起好奇心驅使，豎起了一邊耳朵偷聽著對話。

「我看了。」另外一名學生說道：「昨天的直播不是差點就要暴露他的住址了嗎？」

「對啊，好可惜──」第一名學生興致勃勃地討論著：「要是能夠知道對方的住址，搞不好可以偷偷送他禮物之類的？或者是偷按人家的門鈴，哈哈哈哈。」

「小學生喔你，有夠無聊的。」

「哪會！你不覺得很有趣嗎？」

「……」

洛軒聽見對方的話題，只是輕輕嘆了一口氣、便不再繼續關注。

就在此時，長褲口袋裡突然傳來了輕微的震動。

洛軒拿出震動的來源——也就是自己的手機，螢幕上顯示著好幾種不同通訊軟體的訊息。

【在學校那邊的生活還習慣嗎？放假記得跟家裡打電話喔。】

第一條訊息是來自於母親的問候，洛軒輕輕一笑，很快地回覆自己一切都很正常，不需要擔心。

接著，洛軒的視線看向了其他訊息。

【！！！！！！你們知道嗎現在這個時間點小百合學姊竟然還在直播欸喔喔喔喔喔喔喔喔！！！！！！她不是高中生嗎為什麼這個時間還可以繼續直播啦XDDDDDD。】

……鮮明至極，甚至使用了粗體跟斜體，這一超長串留言使洛軒根本無法忽略其存在。

毫無疑問的，這是來自老碍的訊息。

正當洛軒想要回應什麼的時候，聊天室底下已經跳出了一個新訊息。

【直播中。】

發出訊息的人正好就是老磚剛剛提起的「小百合學姊」——是一個來自虛擬高中的三年級女高中生，雖然身穿著地雷系風格的服裝，卻是個平常喜歡畫畫泡茶的知性虛擬實況主。

一看見小百合竟然回應自己，聊天室的最下方頓時顯現出一排提示文字：【老磚正在輸入訊息……】

但還沒等到老磚開始他的第二輪「長篇大論」，小百合便再度傳了新訊息：【閉嘴。】

簡單兩個字，卻讓原本還在不斷閃爍的輸入訊息提示文字頓時消失無蹤。

洛軒噗哧一聲笑了出來，一邊留言：

洛特【學姊早安。】

訊息過了一會兒才回覆。

小百合【洛特早。】

洛特【學姊直播開了多久？】

小百合【我從十點左右開始直播的。】

洛特【那不就是……十個小時左右了？學姊注意身體啊。】

小百合【不是啊？】

過了一會，小百合的留言再度跳出。

小百合【我是說，我從昨天早上十點就開始直播了。】

二十二小時!?看見訊息的洛軒張大了雙眼，一臉不可置信地打開直播程式。果然在關注的列表中發現名叫「小百合——虛擬高中生、練習茶道中」的頻道，此時還亮著表示正在直播的紅色圓點、時間記錄從昨天開始就完全沒有中斷過。

此時的小百合正在一邊跟觀眾聊天。只見她的虛擬形象不斷地左右晃動著——與此同時，以極為可怕的速度操作鍵盤與滑鼠，攻略著線上遊戲的 Boss。

【這個女人根本就瘋了。】

聊天室裡，一個戴著眼鏡的金髮青年頭像如此說著：

【難道沒有人可以管一下小百合的直播時間嗎？我可不希望下次聽到她的消息，是她暴斃在自己的房間裡面。】

【她沒有經紀人嗎？】

一個用著可愛小女孩頭像的用戶試圖提出解決方案。

【她是個人勢，她的經紀人就是她自己。】

暱稱為「艾斯·菲尼爾」的金髮青年如此回應。

【喔……】

名叫「妮妮」的小女孩頭像發出了如此感嘆，隨後在自己的訊息後面又發了個雙手一攤，說著「那我也沒辦法啊」的表情貼圖。

艾斯【這是妳自己的原創貼圖？】

妮妮【對啊，我花了半年多的時間自己設計的。】
艾斯【畫得還不錯。】
妮妮【謝啦，五十元就可以收藏起來囉。】
艾斯【不需要。】
……
諸如此類的閒聊，便是這個聊天室的日常。
群主D【大家早啊。早上還在線上的人也太多，你們不用上班上學的嗎？】
洛特【群主你才是，你不用工作的嗎？】
群主D【要啊，但我今天請假了。這樣一來就可以好好在家看直播了。】
群主D【我昨天熬夜。】
老磚【草。】
洛特【話說回來，群主你今天是用什麼理由請假的？】
洛特【總不可能是用「因為我要看直播」這種理由吧？】
艾斯【講到這個，我還真想有一天跟主管說「因為我要開直播，所以明天請假」一次看看呢。】
洛特【那樣子會被曝光吧？很快地，從艾斯你家的地址，到你平常愛穿的內褲品牌，都會被有心人查得一清二楚喔。】
洛特【而且老實說，我今天剛走在路上就有聽見類似的話了……】

群主D【洛特說得對，其實我上來露露臉只是要重新提醒你們，雖然以各位的職業素養，應該是不至於幹出這種蠢事。各位可不要隨意透露出群裡面的個人資料，不管是自己的還是別人的。】

群主D【不管什麼時代，總是會有過激粉絲喜歡挖中之人資料。你們私聊要怎麼說我管不著。但身為群組的管理者，我必須為各位的「安全」負起責任。】

看見群主的訊息，洛軒也只能無奈地聳聳肩。

即便距離虛擬實況主開始活躍時間已經過了整整二十多年，人類對於未知的好奇心似乎仍然沒有任何衰退的跡象。

隱藏在虛擬角色背後的操作者——對於任何一個粉絲而言，這都是最大且最有吸引力的話題。

越是藏得隱密，就會讓人有更大的好奇心去探究；當然與之相對的，也有直接暴露自己身分以博取關注的方式存在。

不過洛軒並不屬於這種類型，持續了這麼久的活動，洛軒依然堅持不讓自己有任何機會，被發現自己的現實身分與生活。

分神想著事情時，手機又傳來輕微震動。

群主D【總之我只是想要講這件事情而已，我要去睡了。】

妮妮【話說群主為什麼要熬夜啊？是因為工作嗎？】

群主D【不是，是因為我在看小百合直播。】

妮妮【……】

老磚【……】

艾斯【……】

洛特【……】

第3章 果然我的幻想校園生活搞錯了

雖然今天出門的時間比平常還要晚上一點，但洛軒還是在第一節課的鐘聲敲響之前走進教室。伴隨著教室內充斥著的聊天喧鬧聲，少年悄悄地在自己的位置上坐定位。

「早安。」

正當洛軒從自己的書包裡面翻出鉛筆盒跟筆記本時，一旁的座位傳來了男性的問候。

「早啊，紹文。」洛軒繼續手邊的動作，頭也不抬地回應。

「一大清早就這麼冷淡喂，你有沒有好好吃早餐啊？」

「當然吃過了。還有這種說話方式，你是我老媽嗎？」

「誰叫你整天看起來就像是個睡眠不足、營養不良的小鬼嘛。」

「多謝關心。」洛軒翻了個白眼。

「我說你啊……」

名叫馬紹文的少年位置就在洛軒隔壁，此時正倚靠著桌面、用手臂撐著自己的腦袋說道：「如果是平日也就算了，為什麼你連假日都不願意跟我出門運動，到處逛逛啊之類的……你真的是高中生嗎？還是你根本就是個偽裝成高中生的獨居老人啊？」

「先不說出門運動的問題，跟另外一個男性到處逛逛之類的我可沒有興趣。何況我假日也是有自己的規劃，沒有你想得這麼閒。」

「高中生假日還能有什麼要忙的事情啊？」

當然是忙著直播啊——洛軒很想要這麼對自己的朋友如此回答。不管怎麼想，假日就是最適合用來直播的時間吧？

喔，不對，最近還多了另外一個理由。就是跟著號稱要成為世界第一的校花同學，一起在假日跑到電子商場買直播設備。

不過這種回答洛軒也只能隨便想想；實際上他也簡單地回答：「畢竟線上遊戲也有要刷裝啊、打 Boss 啊之類的嘛。」

「無聊。」紹文翻了個白眼：「你的生活實在是太無趣了。身為我們高中的交際之神，我可不允許我的朋友如此糟蹋自己的生活。」

「交際之神是什麼鬼。」洛軒淡淡地吐槽：「還有，我覺得我現在的生活挺好的。」

一邊說著，洛軒瞄了一眼隔壁的紹文。

健康的小麥色肌膚，以及平時大量運動造就的結實肌肉，透過制服短袖露出的手臂一覽無遺，同時頂著一頭清爽的短髮、用髮膠抓成狂亂不羈的帥氣模樣，當事人如此宣稱著。

穿在制服內的內搭T恤上用書法體，大大地寫著「反抗不滅」四個字。同時就跟大部分的學生一樣，他的制服長褲也改得更加貼合腿型，從頭到腳都散發著陽光、開朗、熱血的正面形象。

紹文的日常行為也完全對得起他運動健將的印象。從高一認識紹文以來，洛軒幾乎每天都能看見紹文出現在各社團內——絕大多數都是體育系相關；有時是訓練時湊人數、有時只是被邀請去一起打球。

不去想東想西、瞻前顧後，所有事情都先做了再說——對於洛軒來說，與自己個性完全相反的紹文之間，本應像兩條平行線一樣不會相交；然而出人意外地，紹文卻成為了洛軒在學校裡面極少數的朋友、沒有之一。

直到現在，洛軒依然認為這是一個令人難以理解的大謎題。

「是這樣嗎？」紹文挑眉說道：「你就沒有想要……嗯，擴展自己的交際圈之類的？雖然你平常總是喜歡自己縮在一邊啦，不過看你的樣子，好像也不是那種完全不跟別人交流的類型啊？要是你真的不喜歡交流的話，我當時跟你搭話的時候你早就落跑了吧。」

「……我們兩個那時候是剛好分到隔壁座位吧，我是能夠跑去哪裡啊。」洛軒微微皺眉：「還有，不要認為自己做得到的事情，別人也能夠簡單地做到啊。每個人的情況是不一樣的。」

「我只是覺得很可惜啦。」紹文嬉皮笑臉地說著：「洛軒你啊，其實人還是挺不錯的。要是再外向一點的話，搞不好還會有女生跟你告白也說不定喔。說到這個，你有沒有在偷偷暗戀誰啊？」

「……才沒有。」洛軒面不改色地回答。

「你剛剛猶豫了對吧。」紹文露出一抹大大的笑容，然而笑容之中透露出的嘲諷感，讓洛軒很想直接往他臉上揍一拳：「說吧——我會好好地保守住這個祕密的。」

「被你知道的話，大概今天放學前全年級的人都會知道了吧。」

洛軒舉起手邊的筆記本，像是驅趕蚊蟲一般地朝著紹文揮了揮。

而學校的鐘聲也在此時恰到好處地響起，讓還想要試圖追問下去的紹文，也只能先老老實實地待在自己的位置上。

「各位同學大家早。」

「老師早安。」

教室裡響起了此起彼落的打招呼聲，站在講臺上的老師跟同學簡單寒暄幾句之後，便開始了今天的課程。

只見老師一邊操作講臺上的電腦，黑板上的虛擬螢幕立即出現了今天課程與講義的內容。搭配著簡報般的講義與一些簡單的小動畫、方便記憶的圖片等等。整個教室時而安靜，時而傳出學生的笑聲。

洛軒專心地聽著，不時舉起原子筆往筆記本上添加註解。

第一節課很快地在老師圖文並茂的課程中度過了。感謝現在科技所帶來的影響，學習這件事情比起以前有趣了不少。

學校生活就是如此：有些老師會用新奇、有趣的方式讓學生能夠更好地記住上課內容、而有些老師則是維持著自己一貫的上課風格，不向時代變遷而妥協。

……當然，還是會有些例外。

比如早上第三節的國文課，老師依然堅持使用傳統的板書授課。比起像是看電影一般的上課方式，傳統教學確實比較讓人……昏昏欲睡。

洛軒此時也正維持著一手撐著自己的臉頰、另一手握著筆在筆記本上塗塗寫寫。有些時候在記筆記、有些時候卻只是隨意地畫著火柴小人，或者是望著教室的某個角落發愣。

窗外的景觀樹，隨著時不時撫過的微風輕輕搖曳著，洛軒的思緒則隨風飄至更遠的地方。

今天晚上的直播……要直播些什麼內容好呢？

「那麼，接下來的課文……就抽一個人起來唸好了。」

老師的聲音將洛軒的思緒拉了回來，他趕緊將課本翻到老師剛才教到的部分。

「我想想……」老師的視線掃過教室，最後在其中一個身影前停下：「——許璃，不然就讓妳來唸吧？」

「好的。」

回應老師的，是一個悅耳、熟悉的少女嗓音。

用熟悉這個詞似乎有些沒必要，因為本來就是同班同學——但當洛軒聽見對方的聲音時，也不禁抬起頭看了一眼前方。

虛擬世界的實況主彩璃，當然不可能真的叫做彩璃這個名字。

許璃，校內二年A班的學生、全校公認的資優生跟校花。

與此同時，也是在那一天意外遇見洛軒，還高喊著要成為世界第一的新人虛擬實況主。

如同墨水般漆黑、如同絲綢般柔順的長髮整齊地梳至背後，少女輕輕地將滑落至臉頰旁邊的頭髮撥回耳後，同時開始唸起課文。

一時間，整間教室都安靜下來了。所有的注意彷彿都停留在少女的一舉一動上。

當然，也包括洛軒。

課文只有短短的一段，少女很快就唸完坐下。

坐下的時候，好像感受到視線一般。少女稍稍轉過頭，似乎有些好奇地看向了洛軒。

四目相對，但僅僅是一瞬——在跟對方對上眼的那一瞬間，洛軒就已經迅速移開目光，同時重新低下頭來。

過了幾秒鐘，洛軒才慢慢地、緩緩地、一點一點地抬起頭。映入眼簾的，是少女那雙充滿著活力的雙眸。

原來少女並沒有轉移視線，而是繼續望著洛軒；發現對方又重新看向自己，少女露出一抹笑容。

那是帶著活力，還有一絲絲狡黠的笑容。

發現洛軒似乎沒有其他反應，許璃又看了幾眼之後才轉回頭。

過了幾秒鐘之後，洛軒的口袋裡傳來輕微震動。

【專心上課啦。】

這一條訊息就這麼從洛軒的手機畫面上跳出；隨後對方又傳了個扮鬼臉的表情貼圖過來。

洛軒回傳了個翻白眼的表情。然而在那之後，直到下課鐘響之前，洛軒都沒能好好地聽老師上課的內容。

腦內，早已被那一抹笑容給吸引。

——你啊，就沒有喜歡的人嗎？

好友在早上隨意的調侃恰到好處地在洛軒的腦袋裡盤旋著。

這一次，少年的頭垂得更低了。

每到下課時間，班上總是充滿著快活的氣氛。

男同學們偶爾會在下課時組隊一起去打球、女同學們大部分都在班上的各個角落形成小圈圈討論各種話題，從隔壁班老師的穿著，到今天上學路上看見的帥氣大學生，主題不限、無所不聊。

當然，也會有些人選擇聊些更加……「特別」的話題，比如洛軒身後，幾名同學正拿著電動跟手機一邊連線對戰、一邊討論最近動畫的新進度。

洛軒並不討厭這些內容——他有時候也會加入討論之中；然而要是每節下課都是這樣高談闊論、毫不忌諱地談論某某作品的女角真的好正、她的身材多好多好之類的話題……洛軒對於這種行為不敢恭維。

看吧，剛經過的兩名女同學此時就擺出一副鄙視的眼神。雖然只有一瞬間、但逃不出我的觀察的，洛軒這麼想道。

「你們在聊些什麼？」許璃的聲音在洛軒背後響起。

洛軒有些驚訝地轉過頭去；正在打著電動的幾名同學同樣有些手足無措。

「呃，許、許璃同學……」其中一人結結巴巴地開口：「怎、怎……怎麼會跑來這邊？」

「啊，沒什麼啦。」許璃笑著擺擺手：「我只是剛好幫忙搬課本回來，看你們好像聊得很開心的樣子，所以有些好奇啦。」她說：「抱歉，打擾到你們了嗎？」

「啊，沒有這種事，不用擔心。」

「是嗎？」許璃微微偏了偏頭，而後笑著說道：「那下次有機會的話再跟我聊聊遊戲之類的吧。我家親戚那邊有個年紀小我幾歲的表弟，他好像對這些很有研究的樣子……」

「喔喔，當然沒問題……如果許璃同學妳不覺得這些很無聊的話……」

「嗯，那就說定了喔。」許璃笑著回答：「來，這些是你們的課本。」

「啊，謝謝妳！」

「不客氣～」

一邊說著，許璃經過洛軒的座位時還偷偷看了對方一眼——對此，洛軒則是假裝自己沒注意到。

與他人閒聊、或者是沉浸在自己的個人空間裡，平時的下課時間，就這麼簡單地度過——於是，時間來到了中午。

「——哇！許璃，妳的便當都是妳自己做的嗎？」

正當洛軒一邊吃著學校餐廳每日限定特製咖哩燴飯，一邊滑著手機時，聽見了教室的前方傳來了其他女同學的驚呼聲：「這也太厲害了吧！根本就是外面高級餐廳會端出來的料理嘛！」

「沒有妳們說得這麼誇張啦。」許璃有些難為情地擺擺手：「那個，別再盯著我的便當了，大家也趕快吃午餐吧？」

「許璃，我想要吃一口妳的便當！」

「我也要！」

「啊，明明是我先來的，妳走開啦。」

「啊？妳說什麼啊？」

「不要吵架啦。」許璃說道：「來，兩個人都有份喔。看到你們這麼捧場，我這個下廚的人也很開心呢。」

「那……我的便當分妳一點！」、「我也分妳一點！」、「我也要！我也分妳一些！」

「欸？我吃不下這麼多啦……」

教室內頓時熱鬧得像是市場一般，洛軒差一點就想拿出耳機，躲在自己的小小舒適圈裡從此不問世事。

「對了！說起來！」就在洛軒正準備把專注力放回自己的午餐時，班上不知道誰這麼說道：「各位各位！臨時班會喔！」

為什麼要在吃飯的時候討論啦？洛軒內心如此吶喊著；更可怕的是，他發現在班上的同學紛紛看向出聲的人。後者也直接走到講臺上，儼然一副班會主席的樣子。

「……今年，除了校慶之外，聽說聖誕節那一週的星期三下午，全部的社團都會停課。」站在講臺上的同學很嚴肅地說著：「然後班導說了，如果我們當天沒有準備什麼活動讓他老人家開心一下的話，那天下午三節課全部都會變成考試喔。」

此話一出，頓時哀聲遍野。

「為什麼非要想個活動不可啊？」一名同學抱怨道：「我就只是想要一個人看看影片、滑滑手機也不行嗎？」

「就是就是。」另外一人附和。

「不然乾脆改成體育課算了？」一個外觀看起來十分陽光、平常鐵定有在運動的同學提議：「跟體育室那邊借個球就好了吧？」

「不要～」有女生反對：「天氣如果很熱怎麼辦？我才不要在外面一直跑三節課，很累欸。」

「對啊，很累欸。」

「你們男生體諒一下女生好不好啊？」「每次都只想你們要做的事情而已，都不在乎別人的想法。」

不，雖然是這樣說，可是你們好像也沒特別在意少數人的想法啊？洛軒偷偷轉頭看向班上的角落，平時比較安靜、喜歡二次元領域的幾個同學們此時都不敢提出自己的意見，只是隨波逐流著。

……雖然我自己也是這樣就是了。

當洛軒這麼想著的時候，許璃的聲音打斷了班上的爭吵。

「大家～！我有一個提案！」當許璃開口後，班上的同學幾乎都安靜下來。許璃看了看同學們，笑著說道：「既然是聖誕節……機會難得，不如我們班來辦一次

交換禮物怎麼樣？」

「交換禮物？」

「沒錯。」許璃點點頭：「我們今年是高二，去年大家對彼此沒這麼熟悉、明年的話因為要準備考試，所以大概也沒有心情……這樣看來，今年不就是最適合的時機了嗎？」

「這麼說起來，好像是這樣沒錯欸。」

「是吧？」許璃說：「具體的提案還有時間可以想一下，大概……訂在兩百元左右吧？每個人準備這個價位的禮物，然後全班一起抽籤看看會抽到誰的禮物！大家覺得怎麼樣？因為是抽籤的關係，所以也可以充分利用時間呢。」

「對欸！」一名同學說道：「這樣的話，班導就沒時間安排小考了嘛！」

「喔喔！這樣看起來真的很不錯欸！」一名男同學說道：「真虧許璃妳這麼快就有想法了～」

「欸嘿嘿……」許璃有些不好意思地摸了摸頭：「其實是我自己一直都很想要來試試看啦……大家如果不嫌棄的話，就太好了呢。」

「我覺得這個點子很棒喔！」一名女同學說道：「大家覺得呢？」

「我也覺得不錯。」「反正只要能充分利用時間都ＯＫ喔。」「好耶！那我們就這樣跟班導說吧！」

……很快地，以許璃為中心，好幾名同學開始興致勃勃地討論著具體的規劃。

洛軒看了一眼許璃，後者此時也十分認真地聽著同學們的討論，時而輕笑、時而點頭。

在班上引人注目，不單純只是外表亮眼而已——許璃從高一開始，跟班上大部分同學的關係都很不錯。就像是現在這樣，許璃總是能夠在各種班級活動上提出建議、跟同學們一同討論……久而久之，班上的同學們都十分信任許璃。

個性外向開朗、跟班上的任何人都可以很自然地聊著天——這樣的許璃，在班級之中就宛如領導者一般發光發熱。

明明許璃跟自己一樣，私底下也有對於二次元、虛擬世界或是實況的興趣……但與自己不同，許璃平時的行為舉止，看不出會對這類東西有特別研究。

看著許璃的笑容，洛軒有些出神，腦袋裡不自覺地回想起昨天的話。

『周遭也沒有什麼可以討論或是分享的對象，所以其實很煩惱呢。』

雖然許璃是這麼說的，但是自己對於她而言……真的是這麼「特別」的人嗎？

「真受歡迎啊，許璃。」正當洛軒還在胡思亂想時，紹文用湯匙挖起一口咖哩燴飯，一邊塞進自己的嘴巴，吞下去後這麼說著，也將洛軒拉回現實。

「嘛……確實是這樣。」

順帶一提，兩人之所以可以從位於四樓的教室，搶到這個號稱開賣只要三分鐘之內就會全部售盡的特製咖哩燴飯，全都是因為紹文在下課前三分鐘，藉著上廁所的名義偷偷跑去餐廳排隊才有如此成果……為什麼這傢伙還沒有被教官或是老師抓到，然後被臭罵一頓呢？洛軒一邊津津有味地吃著燴飯，一邊如此想著。

「不覺得是個很厲害的人嗎？」紹文繼續說道：「人長得漂亮、個性超好，課業是年級前三……這種類型的女生要上哪才找得到啊。」

「這種類型的女生不是找不到，只是我們不會跟他們有交集而已。」洛軒淡淡地回答。

「為什麼是以『你跟她不會有任何交集』做為前提啊？」紹文翻了個白眼：「雖然我不知道你有沒有注意過——不對，你鐵定沒有注意過。」

「注意什麼？」

「你跟她住的地方其實還挺近的，你知道嗎？」

「反過來說，為什麼你會知道我家跟她家的位置啊？」

「那是當然的吧。」紹文驕傲地說著：「全班的住址我都知道。」

「為什麼？」

「因為我偷偷把學校發給我們填寫資料的通訊錄給抄了一份。」

「你那樣是犯法了吧喂。」

話說回來，交集嗎……洛軒內心如此想道。

要不是因為同為虛擬實況主，自己確實跟許璃沒有任何交集。

但即便跟「彩璃」有所交集……自己跟「許璃」，又算得上是有什麼交集嗎？

洛軒放下了湯匙，似乎有些恍神。

「喂？」紹文看著洛軒的反常舉動，有些奇怪地問著：「沒事吧？」

「……沒事。」洛軒稍微晃了晃頭說道：「只是突然頭暈。」

「你有沒有好好睡覺啊？」紹文皺眉：「要不要去保健室休息一下？」

「沒有這麼誇張啦。」

「沒事就好。」紹文從背包裡面翻出一包辣椒粉：「要不要加一點？我一直覺得學校煮的咖哩不夠辣。」

「為什麼你的動作看起來很像那種會把毒品加進食物裡的上癮者一樣。」洛軒吐槽：「不用了，我其實不太習慣吃辣。」

「真可惜。」紹文看了眼包裝上的字樣：「咦？這包過期了欸。」

「那就不要吃了吧。」

「只過期兩個月，應該還好啦？」紹文聳聳肩，把包裝撕開之後全部倒進自己的碗裡面。碗內頓時被突然出現的鮮紅色給占據了一角。

「一點都不好。」洛軒淡淡說道：「這樣會吃壞肚子的吧。」

「安啦，我這個人沒什麼優點，就是身體健康得很。」

紹文挖起一大匙的燴飯往嘴裡塞去。

「……因為吃了過期辣椒粉而導致肚子不舒服，這是我聽過最白痴的笑話。」

洛軒一邊坐在實驗室裡，一邊輕聲喃喃自語。

下午放學前最後一堂的化學課。今天的內容是簡單的實驗操作。

然而原本預計要跟自己一組的紹文，卻因為「吃了過期調味料導致身體不適」這種蠢到極點的理由，缺席了這堂課程。

此時，化學老師正在講臺前講解實驗室須知，跟今天課程的實驗內容。

「……以上，就是今天的實驗內容，同學們有沒有問題？」

「那個……老師。」

「嗯？怎麼了嗎？洛軒？」「老師，我的同組組員下午在保健室休息。」洛軒說：「請問我能夠一個人做實驗嗎？」

「一個人？」化學老師皺眉：「不用這麼避俗吧？找另外一組加進去就好了啊。一組最多也才三個人而已。」

「就先這樣。其他人，開始去拿器材跟材料吧。」

老師的話說完，班上同學便開始起身，去後面的櫃子拿取器材等物品；洛軒則愣在原地。

找新的組別？

洛軒四處張望，四周同學們並沒有特別注意自己的情況、也沒有人特別邀請自己加進其他組。

要找到新組別才行……但是這樣直接上去詢問別人，會不會太突然？也許別人不喜歡有其他人加進小組裡面。

不想給其他人添麻煩。但怎麼辦？這樣下去會被老師認為是在找麻煩。要趕快過去打聲招呼才行……但如果對方擺出厭煩的態度怎麼辦？如果對方直接拒絕自己怎麼辦？如果……

洛軒的雙眼不斷自實驗室四周游移，試圖找到會主動邀請自己的同學；然而一時間，卻沒有人注意自己。

耳邊是玻璃的輕碰聲、人們的聊天聲；鼻腔內充斥著化學藥品的味道。沉重的空氣讓洛軒感到頭昏腦脹。

——直到背後突然被人輕輕拍了一下，洛軒整個人回神過來。

「不介意的話，跟我一組怎麼樣？」

轉過頭看去，許璃正站在洛軒背後，一邊笑著看著對方。

「欸？」洛軒有些手足無措：「那個……不會給妳添麻煩嗎？」

「哪有什麼麻不麻煩的？」許璃反問，隨後看向自己的組員們：「讓洛軒加到我們這一組沒關係吧？」

「許璃妳沒問題的話，我們也沒問題。」一名組員這麼回答。

「你看吧。」許璃笑著輕輕推了洛軒一下：「現在，展現你的合作精神，跟我一起去拿器材吧。」

「……謝謝妳。」走到櫃子前，洛軒輕聲向許璃道謝。

「謝什麼啊。」許璃失笑：「同班同學互相幫助哪有什麼奇怪的。」

「……嗯。」

跟許璃同組的是兩個女生，見到洛軒加入他們這一組時，也沒有什麼特別的反應。

這一次的實驗並不難，很多組一下子便操作完成。此時各組紀錄完實驗結果後便湊在一起聊天。許璃跟另外兩名組員也在閒聊，內容都是最近的流行、化妝品，但許璃大多時間只是聽著，偶爾附和幾句。

洛軒靜靜坐在旁邊，沒有加入他們的對話之中。不僅是因為聊的話題跟自己格格不入、也因為其他三人都是異性，想要找到共通話題，或是突然插嘴也有些突兀……

「說起來。」一名女同學轉頭看向洛軒：「洛軒你平常有沒有什麼興趣或嗜好之類的啊？」

「欸？我？」洛軒被這個突如其來的問題給問住了：「呃……就聽聽音樂、看看影片之類的啊。有時候玩些電動之類的……」

「影片？什麼樣的影片啊？」另外一名女同學問道：「唱歌節目之類的嗎？還是那種偶像選拔會？」

「啊，都不是……」洛軒說道：「是那種季番動畫之類的……」

「動畫？抱歉，我不太了解這個……」

「啊……呃……」

對方一時間似乎也不知道該接什麼話題，就這麼保持沉默。

幾人之間的氣氛突然變得十分尷尬。

「洛軒是不是在說最近很紅的那部動畫啊？我好像在網路上有看過喔。」就在此時，許璃率先打破了寧靜：「就是在異世界裡面成立會計部的日常故事？那部真的很有趣欸！沒想到竟然把異世界跟會計這麼正經的東西結合起來！」

「啊……嗯，沒錯，就是那個。」

「欸～許璃妳很了解嗎？」

「啊，不不不。我只是最近剛好在網路上看到相關的推薦文啦。」發現朋友似乎有些懷疑，許璃趕緊擺擺手說道：「我平常不看這些的。」

「好厲害，妳懂很多欸。」

「沒有這麼誇張啦。」

「那個故事是在說什麼啊？」

「內容嗎？其實我也不是很清楚啦……」

眼見許璃成功把話題拉走，洛軒悄悄鬆了口氣，隨後起身說道：「啊，我先去一下廁所。」這麼說完之後，便像是逃跑一般離開實驗室。

「……那傢伙跑掉了欸。」看著洛軒離開實驗室，其中一名女同學開口說道：「我說，妳們覺得洛軒是個怎麼樣的人啊？」

「吳洛軒？」另一名女生回答：「嗯……硬要說的話，其實也不怎麼樣，不好不壞吧。」

「如果滿分十分的話會打幾分？」

「大概……六分吧？」女同學皺著眉頭說道：「說真的，也不是說吳洛軒不好，只是那傢伙真的太安靜了。」

「許璃妳覺得呢？」

「嗯？我嗎？」許璃輕輕一笑，左手托著下巴回答：「說得是呢……我覺得，他是個很努力的人喔。」

「欸～？許璃妳是這樣看他的嗎？」最先提起話題的女同學說道：「雖然不是個壞人，但如果要挑交往對象的話，我鐵定不會選他的啦。」

「因為太安靜，所以會很無趣的感覺。」另外一人附和。

「沒錯～」

聽著身旁朋友對於洛軒的評價，許璃只是苦笑；雙眼則靜靜望著走廊外，像是等待著日出時刻的孩子一般。

下課鐘響在此時恰到好處地響起，也宣告今天一天的尾聲。

直到放學，洛軒才回到教室。

「……糟透了。」

原本要先回實驗室拿東西的，不過回去的時候，洛軒發現實驗室的門早已經鎖起。至於自己的文具則是聽老師說，被同學拿回教室了。

走進教室，映入眼簾的是空蕩蕩的一切，同學們早已回家。

往黑板的方向望去，屬於那個人的座位此時也空蕩蕩。椅子規規矩矩地靠好、桌面也十分整潔，不像有些人會把一些參考書丟在桌上或是桌腳旁。

看著她的位置，讓洛軒有些緊張。

——會不會給對方添麻煩了呢？

雖然在自己不知道該怎麼辦的時候幫了一把，但就算是這樣，自己的表現會不會給對方帶來困擾呢？實際上，跟許璃的朋友聊天時，自己的確讓氣氛變得很尷尬；最後還是靠許璃想辦法轉移話題才成功讓對話延續……

真的是糟透了。

果然，還是不要跟對方繼續有所交集比較好吧？

有人緣、跟任何人的關係都很好。懂得開啟跟接續話題，無論什麼話題都可以跟別人聊起來……

那是洛軒無比羨慕的「能力」。

於此相比，自己只不過是跟她有共同的「興趣」而已。只是因為有些許的類似，就以為能夠很順利地混入其中——這種想法，未免太過自大了。

『明天見。』

腦海中突然響起了對方昨天跟自己道別的聲音。

雖然也知道不可能，但如果……如果……

「不不不……怎麼可能呢，別胡思亂想了。」

認真說起來，自己跟許璃產生「交集」也不過是兩天前，怎麼可能會特地等著自己呢？

果然……只是一廂情願嗎。

嘆了一口氣，正當洛軒收拾書包準備回家的時候——

「你是不是一瞬間鬆了口氣呀？」

「嗚哇啊!?」被突然出現的聲音嚇了一大跳，洛軒慌亂地轉過頭去。

在門外，許璃倚著大門探出半截身子，一邊笑著看向自己：「收拾好了嗎？一起回家吧。」

「回家？」洛軒有些詫異：「兩個人？一起走回家？」

「對啊？」許璃有些不解：「有什麼奇怪的地方嗎……啊。」少女好像突然想到什麼，露出有些害羞的表情說道：「不要會錯意喔，這可不是什麼其他的意思喔——沒錯！我只是看你一個人回家好像有點寂寞，所以特意等你一起回家而已喔！」

「我不是那個意思，不要想歪了好嗎？」洛軒淡定吐槽，而後喃喃：「但是……不用在意我到這種地步吧。」

「真過分，你這樣是在拒絕女孩子的好意喔。」

「……對不起。」

「為什麼突然就道歉了啊。」許璃走到洛軒面前，輕笑說道：「順帶一提，你的東西是我幫忙拿回來的喔。這個時候出自禮貌，是不是應該要說些什麼才對啊。」

「……謝謝妳。」洛軒垂著頭，甚至不敢跟對方四目相對。

「嗯，不客氣。」但許璃似乎並不在意：「為了獎勵你的直率，我就陪你一起回家吧。」

「這不是跟剛才沒有任何變化嗎……」

洛軒嘆了一口氣，拿起背包。

放學時間，路上除去身穿學生制服的學生之外，還有不少上班族跟帶著小孩回家的父母們。

洛軒和許璃兩人並肩走著。

雖然洛軒時刻保持自己跟對方處在一個不遠不近的距離，但隨著夕陽的微風吹拂，他時不時能嗅到一股淡淡的香味竄入自己的鼻腔。

那是香水？還是護手霜？洛軒可沒有辨認出味道來源的能力，只能在內心胡思亂想。

「馬紹文下午好像先回家了。」

過了一陣子，大概是覺得兩人走著完全沒有話題可聊有些奇怪，洛軒絞盡腦汁想了好久，才擠出這麼一個話題。

「好像是這樣。」許璃回答：「不過他運氣也太糟了吧……有誰吃了過期辣椒粉會不舒服成那樣啦。」

「啊哈哈。」洛軒乾笑。

「不過話說回來。」許璃朝洛軒的方向看了一眼：「你平常都是吃學校餐廳嗎？」

「是這樣沒錯。」洛軒點點頭：「我又不會下廚，平常晚餐也是靠智能管家自動烹飪而已。許璃妳是自己準備便當吧？真厲害。」

「也沒有大家說得這麼厲害啦。」許璃笑道：「只是因為我覺得智能管家煮出來的料理總差那麼一點，才自己學著煮飯的。」

「有什麼差別嗎？」洛軒有些疑惑：「反正只要準備材料就可以搞定了，吃起來也沒什麼奇怪的啊。」

「沒什麼奇怪的？」許璃聽見之後一臉不可置信：「你認真的嗎？你覺得機器煮出來的食物，跟人親手料理出來的東西會一樣嗎？」

「我有什麼辦法嘛。」

「真受不了你欸。」許璃翻了個白眼：「決定了，我一定要找一天讓你親自嘗嘗我的廚藝，看你還能不能夠說出這種話來。」

「……」洛軒沒有回應，只是默默地繼續走著。

「對了，你有沒有吃過車站前那間可麗餅店？我超推薦草莓口味喔。還有，我昨天在測試設備啊，果然新的就是跟二手不一樣呢。錄製起來的聲音完全不一樣欸，我之後傳給你聽聽看！最近我也在想要不要來認真開一次直播，畢竟在這之前都只是試試水溫而已。」

少女興奮地說著話，但少年只是安靜地走著。

「……幹麼啊，這麼不樂意嗎？」許璃說道：「不至於吧？雖然被其他人稱讚很害羞啦，但我對自己的廚藝還是很有自信的喔——」

「那個。」洛軒開口。

「嗯？」許璃好奇地看著對方：「怎麼啦？」

「那個……」洛軒有些猶豫不決，最後才緩緩開口：「果然……該怎麼說呢……許璃妳還有其他朋友的吧？其實不用這麼在意我也沒關係……」

「你在學校是不是也講過類似的話？」許璃皺眉：「怎麼回事？為什麼這樣說？」

「妳看嘛。」洛軒一邊抓著頭，有些難為情地說著：「今天實驗課的時候也是，我好像不太能夠加入妳們的對話，所以就想著這樣會不會給妳們添麻煩，或是讓妳們不太能夠盡情聊天之類的……

「所以，在學校裡其實維持之前的交流就好了吧？也不用特別等我一起回家什麼的……當然，如果妳對直播有什麼問題的話也歡迎來問——」

「你的意思是。」許璃突然冷冷說道：「你覺得我只是在同情你才在實驗課邀請你的嗎？放學時候等你一起回家也只是在同情你嗎？」

「啊？」洛軒一驚：「不是，我不是那個意思……」

「那你是什麼意思啊？」

許璃停下腳步、眼神冷漠。

如果說平常的許璃如同冬日中的暖陽，那麼現在的少女就跟寒夜中的湖泊一樣冰冷。

如此的許璃，是洛軒從未見過的樣貌。

「不是的！我不是在說同情什麼的！那個，請聽我說……」

洛軒極為混亂地試圖解釋，腦袋裡一片混亂。

該說什麼才好？為什麼又說錯話了啊？自己到底在幹麼！

該怎麼辦？要怎麼說才不會讓對方誤會？

「那就算了。」許璃卻沒有給洛軒解釋的機會：「既然你是這樣想的，那我也不會勉強你。謝謝你之前幫我一起買設備，這個人情我以後會還的。」

「……對不起。」看著對方面無表情的樣子，洛軒最後只能擠出這幾個字。

「嗯，在這邊分開吧。」許璃轉頭往反方向走去：「再見。」

洛軒站在原地過了好幾秒，這才繼續往家的方向走去。

時間彷彿慢了下來。明明距離很近，此時的洛軒反而覺得家裡無比遙遠。

腦袋昏昏沉沉的，好像快睡著一樣。隱隱約約的反胃感讓洛軒腳步變得沉重。

可以的話，洛軒真想找個地方放聲大吼。

又來了，每次都是這樣……

總是會在某些時刻搞砸，好像不斷地在迷宮之中徘徊。無論如何小心翼翼地探尋著，只要一不注意就會退回原點。

果然小說或是動畫都是虛構的，才不會有那種聽男主角抱怨或是中二地講些不明所謂的話，還可以保持相同態度的女生存在啊。

好想快點回家大睡一場，什麼都不管了。

洛軒又嘆了一口氣，試圖加快腳步。

「——騙你的啦。」

就在此時，熟悉的聲音又再度傳來。

跟之前一樣，是那種令人安心的感覺。

洛軒停下腳步，不可置信地緩緩轉頭。

就在洛軒身後大約幾步的距離，許璃用著那抹熟悉的笑容看著自己，就像是和煦的陽光一樣。

「……欸？」

「欸什麼欸啊？」許璃走向洛軒：「我說你啊，也太消沉過頭了吧。我明明一直跟在你後面大概五分鐘了，你卻完全沒發現呢。」

「為什麼……」洛軒喃喃：「妳沒有……生氣？」

「沒有啊，我很生氣。」許璃微微鼓起雙頰，輕輕皺著眉頭像是威嚇洛軒一般；

但過了一會又露出笑容道：「但是，我原諒你啦。」

洛軒有些摸不著頭緒，而許璃卻拿出了手機，隨後開始唸起上面的內容：

「大家好！我是洛特！從今天開始活動的新人虛擬實況主！我的目標，就是能夠自信地面對身為粉絲的大家、也為各位帶來自信！」

「喂，為什麼突然念起別人的出道推文啊，很難為情的好嗎？」

洛軒當然對這段話很熟悉。

許璃唸出來的東西是自己在一年半前縮在電腦桌前，花了好幾個小時不斷添加、修改、刪除後才發出的第一條社群軟體推文。

那是平凡的少年首次鼓起勇氣，用著不同的方式面對著這個世界、也是從那一天起，洛軒擁有了另外一個身分——身穿黑衣，有些神祕卻又十分帥氣、同時個性開朗的虛擬實況主洛特。

「你不是想要變成這樣的虛擬實況主嗎？」許璃看著洛軒說道：「再對自己有自信一點嘛。」

「……我不行的。」洛軒喃喃：「我……是無法成為『洛特』的。」

在螢幕前面對著根本看不見的粉絲們、跟實際在現實中面對著他人，是截然不同的兩種感覺。只有在虛擬世界，洛軒才能夠成為洛特。只有在那個時候，洛軒才能夠展現出充滿自信的那一面。

「並不是這樣喔。」搖了搖頭，許璃輕聲說道：「無論『洛特』是個什麼樣的人、有著什麼樣的過去……讓『洛特』真正地成為『洛特』這個人並且存在於這個世上，是因為洛軒你喔。

「雖然我不知道洛軒為什麼對自己這麼沒自信，但是那並不重要。如果覺得難受的話，那就先逃避也沒有關係——但是，短暫地逃避之後，就要想辦法去改變囉。」

少女與少年四目相對。

「妳說得這麼簡單……」洛軒無力地說著：「哪有可能一下子就改變啊。」

「當然不可能啊。」許璃笑了：「所以，在那之前，我會一直跟在你旁邊，幫你一把的。」

「為什麼？」洛軒問道：「因為我們是同班同學？就算是這樣子，明明我們之前幾乎沒有任何交集……」

「哪有什麼為什麼啊。你該不會覺得所有事情，都一定要有個理由才成立吧？為什麼要等你一起回家？因為我想要等你啊。」少女伸出手指著洛軒說道：「你看，很簡單吧？」

「因為是朋友？」洛軒有些不確定地試探著。

「朋友？」許璃挑眉：「我說吳洛軒，你只是把我當成普通朋友啊？這個可就真的令人傷心了。」

「咦？」

「我們之間的關係，只用『朋友』來形容不覺得太廉價了嗎？」

許璃又一次地笑了。

「——我們可是有著同樣興趣、同樣目標的『夥伴』啊。」

她的笑容，跟黃昏的夕陽一樣溫暖。

「再一次自我介紹。」許璃伸出手，五指張開：「我是『彩璃』，我的目標是——『世界第一』，請多指教。」

面對許璃，洛軒猶豫了一下。但最後，他也同樣伸出手來。

「我是『洛特』，目標是——與妳一起成為『世界第一』。」

兩人擊掌。

第4章 從零開始的虛擬實況生活

「在身處我們這個時代，不管在什麼時候。只要打開手機的直播軟體，就可以找到數不清的直播。」

「嗯嗯，確實是這樣。」

「所以……提問！」

「是！」

「在直播活動的過程中，最重要的是什麼？」

「讓我想想喔……我知道了，是可愛對吧！」

「怎麼想都不會是這個答案吧！」

夜晚，住宅區裡其中一間公寓內，二樓的燈光微微亮著。

洛軒正坐在自己房間的椅子上，面對著的電腦螢幕此時正顯示著一個二次元金髮美少女的大頭貼。

螢幕的另外一端，當然就是許璃。兩人正保持著通話的狀態。

時間回到幾分鐘前……

『──我的目標，是跟妳一起成為世界第一』

雖然那個時候順著氣氛跟著這麼說了，不過一回到家裡之後洛軒馬上就後悔了；不只後悔，而且回想起來還覺得特別羞恥。

即便是泡了澡、吃了晚飯，那種難為情的感覺還是難以揮去。

既然這樣，那就乾脆一點吧。

大約九點半左右，洛軒用語音聊天撥通了對方的帳號──當然，在那之前，他已經仔細確認過對方所有推文跟公告在直播頻道的行程表，確保自己打過去的時候，不會剛好遇到對方正在直播。

通話一下子就被接通了，不過接踵而來的是有些混雜的背景音。似乎是某種馬達在運轉的聲響。

「喂？」

雖然有些吵雜，但許璃的聲音還是清晰地傳了過來。

「抱歉，在這個時候打電話給妳……妳那邊是怎麼回事？」洛軒聽著對方背景傳來的雜音，如此問道。

「啊啊抱歉，我沒想到你會在這個時候打語音通話過來。」許璃說道：「其實我才剛洗完澡，現在在吹頭髮。」

「……真是不好意思。」

「那個停頓是什麼意思？」許璃說道：「你剛剛絕對在腦袋裡偷偷幻想了，對不對。」

「不，我沒有啊。」洛軒微微偏過頭去，而後說道：「不對，我不是為了這種事才打過來的。關於妳今天說的話，成為世界第一……妳是認真的對吧？」

「那是當然。」

「既然這樣，問題就簡單多了。」

於是才有了這段對話。

「為什麼不是可愛啊？」

許璃抗議：「這個世界上還有什麼比可愛更重要的東西嗎？」

「可愛當然也很重要。」洛軒回答：「但是在這種選擇膨脹的時代，只有可愛是留不下觀眾跟粉絲的。比起可愛，確立特色或者是風格更加優先。」

洛軒一邊敲打著鍵盤說道：「妳的直播，我已經看過了……」

「怎麼樣怎麼樣？」

「說是直播其實也不太對吧。」洛軒點開對方的頻道：「雖然妳已經活動了大概一個多月，但是目前為止只有六個影片而已。」

沒錯，是影片，而不是直播檔。洛軒一眼望去，只有看到數個影片的紀錄而已。

「這也沒辦法吧。」許璃回答：「畢竟我們平日還是要上課，而我又因為設備的緣故沒辦法好好直播，所以只好先用影片來吸引粉絲囉。」

「那就是問題所在啊。」

「咦？」

「我想妳應該沒有自覺吧。」洛軒說道：「妳在這幾部影片裡面有一個很明顯的習慣——妳在玩遊戲的時候，幾乎沒有說話。」

「欸？」許璃回答：「有啊？我明明還特別提醒自己，要多說話避免氣氛尷尬呢。」

「但還是太少了啦。」

洛軒打開彩璃的其中一個影片，內容是彩璃遊玩RPG系遊戲的影片。

即便是擁有大量文本跟劇情的遊戲類型，彩璃在影片之中也很少說話；大多時候只是專心地操作著遊戲角色，偶爾自言自語如：「那……接下來繼續推進主線好了。」這類的內容；而當遇到劇情動畫轉場時也只靜靜看完，結束之後也不會嘗試分享自己內心的看法，或是對劇情的猜測。

雖然有些人也喜歡這種直播氛圍，但是在需要確立直播特色，或是吸引話題的情況下，彩璃的直播表現……令人有些昏昏欲睡。

「怎麼可能……」

透過音響傳出的少女聲音透著藏不住的動搖：「我還覺得我做得挺好的啊……」

「誰都會覺得自己做得很好啊。」洛軒說道：「在被他人指出缺點之前，每個人都是覺得自己是獨一無二、毫無瑕疵的。」

「那我該怎麼辦啊？」

「嗯……」洛軒思考了一會，而後說道：「不然下一次來試著直播雜談吧？」

「雜談？」

「沒錯，當不知道要做什麼的時候，就搞個雜談吧。」洛軒說道：「首先，雜談可以讓妳知道，現在關注妳的觀眾都是什麼樣的人；再來，可以透過雜談分享自己的事情，讓更多人知道妳是誰，建立起妳的特色。最重要的，雜談沒有任何其他的要素，就是看妳的聊天能力能夠留下多少人。這也是一種很好的練習呢。」

「雖然你說得很簡單啦……」許璃喃喃：「可是到底要怎麼做啊？我是那種只要專注在遊戲上，就會變得沒辦法分心的類型。」

「如果不清楚的話，直接看實例不就行了？」

「實例？」

「沒錯。」洛軒開始搜尋直播軟體上的頻道：「這個時候，那個人一定正在開臺……找到了。」

說著，洛軒向許璃傳送了一個直播連結。

少女點了進去，很快便發現這是誰的直播。

「小百合學姊的直播？」

「沒錯，小百合學姊是資歷相當久的遊戲型虛擬實況主。」洛軒說道：「她平常玩的遊戲以 MMORPG 居多，這類遊戲不但有著劇情、同時也非常吃重操作。」

許璃聽到洛軒這麼說之後，立即聚精會神地看起對方的直播。

只見螢幕上的蘿莉塔美少女正一邊跟觀眾聊天——與此同時，操作的遊戲角色正瘋狂施放法術，痛毆遊戲 BOSS。眩目的技能特效令人目不暇給、整個螢幕宛如施放跨年煙火一樣，對視覺造成大量衝擊。

「小百合我啊，最近有些迷上書法了呢。」然而即便是如此混亂的景象，小百合依舊十分平靜，跟聊天室的觀眾聊著天：「果然啊，書法需要很大的耐心呢……啊，不是說我很沒耐心喔。但是書法的話，手就要維持得很穩對吧？小百合我啊，其實不太擅長呢——不好意思，我先喝個水喔。」

隨後，背景傳來了極為細小的喝水聲跟放下水壺的聲響。

「我回來啦——生活音幫大忙了？大家總是對生活音很感興趣呢。所以，練習書法大概還要很長一段時間才能夠做得更好吧。哈哈哈哈……啊！歡迎加入新會員！今天會玩到什麼時候呢？我也不知道呢～要把這週的 BOSS 全部刷完嗎？其實我只是想要刷看看有沒有什麼裝備而已。但是過幾天就要更新了對吧？到時候想要推一下主線劇情呢……」

許璃原本只是想要看有沒有什麼可以學習的地方，但一不注意便開始認真追起直播了。

又過了好幾分鐘後，洛軒才開口：「懂了吧？這就是吸引力喔。」

「嗚啊！」許璃被對方的聲音嚇了一跳：「不會吧？我竟然忘記我還在通話中欸……這就是『留住觀眾』……」

許璃喃喃，陷入了沉思之中。

雖然只是短暫的時間，卻有太多值得注意與能改進的部分，一時之間讓許璃有些難以消化。總感覺內心裡有什麼即將破土而出、卻難以用言語整理出來。

「不用太著急啦。」洛軒說道：「想要成為世界第一，可不是睡個覺起來就能夠達成的東西。」

「總之，下次妳要直播的時候跟我說一聲吧，我會去支持妳的。」

「嗯……謝謝你，洛軒。」

「不用太在意啦。」洛軒說道：「那就先這樣吧，明天還要上學呢。」

「啊，說得也是呢。」許璃回答：「那我就先掛掉通話了喔……你也趕快去休息吧。」

「嗯，妳也是。」

「那就……晚安囉。」

「晚安。」

過了幾秒鐘，對方的頭像轉為灰暗。

正當洛軒也準備關掉電腦休息時，一則新訊息跳了出來。

細雨【睡了嗎？】

洛特【正準備要去睡。】

洛特【怎麼了？】

細雨【跟你商量件事。】

這麼突然？在洛軒印象中的細雨，是個不常參加活動、就算參加了也只是不起眼地跟著大家的人。

細雨【我下個月想要來主辦個大會。】

洛特【跟什麼有關的？】

細雨【只找群組裡的人，一起在 V-World 造些什麼東西、辦個小活動之類的。】

洛特【妳心情不錯嘛。】

細雨【順便幫忙一起宣傳你同學。】

細雨【我看過她的直播了。可以進步的地方還有很多。】

洛特【妳怎麼知道我同學是哪個虛擬實況主？】

細雨【畢竟全群組裡面只有一個人的活動資歷短得不可思議。】

洛特【也是啦……我知道了，有什麼需要我幫忙的，儘管說。】

細雨【其實也沒什麼要幫忙的。只是……想讓你先知道而已。】

細雨【就這樣，去休息吧。】

洛特【太冷淡了吧。】

細雨【不然你還想要怎麼樣。下線了。】

洛特【晚安。】

細雨【晚安。】

細雨【(睡覺表情)】

隨後，細雨的頭像也變得灰暗。

打了個呵欠，洛軒關掉電腦、刷牙之後躺在床上。

「管家，開啟小夜燈。」

頭頂的燈光頓時熄滅大半、只留下一點微微的暗黃色燈光。

明天可有得忙了，洛軒這麼想著，閉上了雙眼。

對於洛軒而言，平日的校園生活就像是一篇日復一日、毫無新意的小作文，並沒有什麼值得「期待」的事物。

直到畢業，應該也不會有什麼值得期待的事情吧——不過畢業旅行也許可以期待一下？至少洛軒一直都是這麼認為的。

走在上學路上，洛軒不時四處張望，似乎想要在人群當中尋找某人的身影。

「一大清早鬼鬼祟祟地在幹麼呢？」

「早安，紹文。今天的天氣真好呢。」

「不要試圖用打招呼來掩蓋你剛才的行為喔。」紹文露出了一臉發現八卦的表情：「說吧，是哪位幸運兒能夠獲得你的注意？」

「應該是剛才走過去的二十多歲ＯＬ吧。」

「這種一聽就是說謊的答案，才不會這麼容易騙過我。」

「你肚子應該沒事了吧？」

「這次又想要轉移話題嗎——那是當然啊！只不過是被七味粉給暗算而已！」

「被七味粉給暗算也未免太弱了吧。」

兩人有一搭沒一搭地聊著。

「對了，我們先去便利商店一趟。」紹文說。

「為什麼？」

「我沒吃早餐。」

「自己去吧你。」

「請你喝飲料。」

「寶特瓶裝？」

「鋁箔包裝喔，白痴。」

兩人的目的地是這間便利商店，位於學校旁邊大約五分鐘路程，坐落在十字路口上的大型店面，可說是黃金地段中的黃金地段。

外觀的建材選用質樸的木頭材質，還有種植一些綠色的植物做為裝飾，為這座由鋼筋水泥構建而成的現代叢林注入一絲綠意；為了能夠充分搾乾學生以及上班族的錢包，這棟雙層格局的便利商店還設有乾淨寬敞的二樓讀書空間、在段考前夕還能看見不少學生選在此處讀書討論。

身處上學路段的命脈，一早還是能夠看見眾多學生聚集在此，有些學生甚至會站在商店外，透過大片的落地窗跟商店內的同學們嘻笑打鬧。

隨著自動門開啟，悅耳的音樂跟涼爽的冷氣迎面而來。

「好了，我先去買個早餐。」紹文拍了拍洛軒的肩膀：「你就在此處不要走動。」

洛軒給他的回應是一根中指。

趁著紹文去買早餐的空檔，洛軒偷偷摸摸地來到其中一個商品櫃前。

……還好，價錢沒有差太多。

「啊，不好意思。」

正當洛軒來回比價時，某個身影從旁邊擠了過來。

「啊，不好意思……咦？」

洛軒抬起頭，發現眼前的人並不算陌生人。

「咦？」對方也注意到了洛軒：「喔，早安。」

「早安。」

簡單地打過招呼後，對方便繼續走向隔壁的商品櫃。

洛軒繼續挑選著商品，同時眼睛偷偷地往旁邊一瞥。視線望向對方駐足的目的地，只見對方雷厲風行地從櫃上挑了一本書、隨後走向結帳櫃檯。

……《星海戰記》第十集？雖然不是很熱門的作品，但也擁有一批死忠粉絲。洛軒這麼想著，但並沒有開口跟對方攀談的打算。

匆匆拿起商品結帳後，回到門口旁等待紹文回來。

「久等了呢。」又過了幾分鐘後，紹文才像是從工廠產線脫逃的沙丁魚一樣地擠了出來，說：「紅茶跟奶茶你要哪一種？」

「紅茶。」

「很遺憾，我只買了綠茶而已。」

「我揍你喔？」

「恩利涇店的飯糰之的很好粗欸。」

「你能不能別一邊走路、一邊吃東西，然後還一邊說話？」

「我是說。」紹文隨手把包裝紙扔進路邊的垃圾桶：「便利商店的飯糰真的很好吃欸。」

「我聽懂了，不需要重複好嗎？」將手上的奶茶遞給紹文，洛軒說道：「說起來，我剛才在便利商店那邊遇到我們班的人。」

「誰啊？」

「方永仁。」

「啊——邊緣人二號對吧。」

「也太失禮了吧。還有邊緣人一號是誰啊？」

「你覺得呢。」

「啊啊……一目了然呢，大概就是我了吧。」

「我原本以為像方永仁那種類型的人，只會出現在小說裡面。」紹文吸了一口奶茶：「沒想到現實真的只會比小說還要誇張欸。」

「每個人都有自己跟別人相處的方式吧。」

「這麼說也不能說錯啦……」

兩人有一搭沒一搭地聊著走進教室，雖然已經接近打鐘時間，但教室內依然只有少數幾人。大多數的同學依然喜歡跟時間……還有教官的口哨聲比賽跑。

「早啊。」

「早安。」

洛軒安靜地坐在位置上、紹文則在放下背包之後跑去跟其他同學閒聊了。

啊，今天還沒有發新動態呢。

洛軒拿出手機，偷偷摸摸地開始輸入內容。

與此同時，洛軒還想著別的事情——

要聊天氣嗎？不對，用天氣來做聊天開頭是最糟糕的選擇吧。

還是說，問一下週末的規劃？畢竟都說要在對方直播的時候去捧場的……可是這樣會不會有點太主動了？

要怎麼自然地接入這個話題呢？自然地、自然地……對了，等會跟她確認一下器材之類的有沒有問題，再順著接續話題就好了吧？對，就是這樣！很簡單的嘛──

「早～安～」許璃的聲音突然傳了過來。

「嗯？啊！」洛軒抬起頭來：「呃、啊……早、早安。」

「抱歉，打擾到你了嗎？」許璃說：「在聊事情？」

「不……只是在發新的動態而已。」洛軒搖搖頭：「許璃妳沒有更新動態的習慣嗎？」

「……大概沒有？」

「那個啊……社群要記得多多運用跟經營啊。」

「啊哈哈哈……我會記得的啦。」許璃有些難為情地摸摸頭。

「早安啊。」

紹文在這個時候回到了自己的位置上。

「早安。」像是正好有機會逃開一樣，許璃向洛軒說道：「那就先這樣，回頭再聊囉。」

「啊，嗯……」紹文看了看洛軒，然後又看了看回到自己位置的許璃，說：「洛軒同學，難道，這個是Turing Lov……」

「不要瞎掰好嗎？」

「有什麼關係嘛。你的眼光非常不錯喔，值得驕傲。」

「可以的話，希望你可以不要讓我的學校生活變成困難模式。」

「你的自我評價太低了啦。」

「我只是實事求是而已。」

「我也很實事求是啊。」

「那還真是謝謝你喔。」

「不客氣，我這就把你的事情傳出去讓全校都知道。」

「嗯……現在轉學應該還來得及吧。」

上課鐘聲在此時響起。

假如當天洛軒並沒有直播行程，那麼洛軒通常會一邊處理之後直播要使用的各種素材、接著便是看其他自己認識的實況主的直播或是上社群轉推別人的動態等等。大約晚上八點，洛軒的社群跳出了新動態。

發布者則是一個叫做「細雨——生日周邊販售中」的帳號：

【告知！！預計在兩週後、將會主辦一次V-World晚會！參加人員跟內容……是祕密喔>A<】

與此同時，聊天室群組也傳來了訊息。

老磚【細雨！！！！要主辦大會？？？？？這怎麼可能！！！！！】

艾斯【這種疑問句也太過分了吧。】

群主D【真的很過分。】

老磚【我現在是回到二〇四〇年了嗎？時空旅行真的成功了嗎？】

細雨【老磚你信不信我順著網線去打你。】

小百合【小雨妳打算邀請誰參加啊？】

細雨【基本上我只想邀群組裡面的人啦……大家如果有興趣的話，歡迎一起參加囉～】

小百合【了解，我去確認一下時間，把直播排開。】

細雨【謝謝學姊！】

彩璃【那個……細雨前輩，我也可以參加嗎？】

許璃？洛軒原本打算一起附和小百合，卻看到彩璃率先發送了訊息。

細雨【當然歡迎啊！我也想趁這個機會認識群組裡的新人呢。】

老磚【說起來，彩璃好像不常在群組裡面發言呢？】

妮妮【因為你很吵。】

小百合【因為你很吵。】

老磚【這個就過分了，兩位小姐。】

群主D【我覺得還好啊。】

老磚【群主大大？？】

洛特【笑死。】

洛特【有需要幫忙記得說一聲。】

細雨【(OK手勢表情)】

【系統通知：彩璃向你發送訊息】

彩璃【(賊笑表情)】

彩璃【洛軒同學。那位細雨是誰啊～？】

洛特【八卦難道是你們的天性嗎……】

洛特【人家是個人勢，只不過跟我出道的時間還挺接近的。以前有幾次合作。】

彩璃【嘿……這樣啊。】

洛特【這種可疑的語氣是怎麼回事。】

洛特【啊，對了。妳有決定在什麼時候直播嗎？】

彩璃【對喔！我才想說要跟你說這件事。】

彩璃【我目前計畫是在星期天啦……想要先準備一些話題。】

洛特【喔喔喔，原來。】

洛特【加油喔！】

彩璃【嗯，謝謝啦～】

洛軒回了個笑臉表情後，便繼續在社群上搜尋自己的TAG或是粉絲圖，不時轉推或者按讚。

就在這時，一個顯得格外尖銳的推文，突然出現在洛軒眼前。

【這些虛擬實況主只不過是一群只敢躲在螢幕後面的廢物罷了。】

在這個推文更新之後，底下一瞬間就變成了可怕的言論戰場。洛軒也只能苦笑滑過。

即便是已經活動超過一年的洛軒，有時依然會在自己直播的聊天室裡面看到類似的留言——當然這些 Anti 發言，會馬上被自己給移除掉，但依然無法阻止類似的言論出現。

繼續介意下去也於事無補，洛軒甩了甩頭，不去理會。

「……廢物。都是一群廢物……」

四周漆黑，如同黏膩的黑色漿糊，僅有一絲從電腦螢幕中流瀉而出的微弱光芒試圖從這幽暗的漩渦之中遁出。

空氣裡瀰漫著久不通風而產生的些微霉味、壓迫的氣息從外而內擠壓著全身的感官。一個人影一邊不斷地敲打著鍵盤、一邊喃喃著。

「只不過是一群躲在螢幕後面的人，有什麼了不起的。」他一邊說著，一邊在網站上留下類似的留言。

【笑別人廢物，自己也沒多厲害嘛。】

【酸民，呵呵。】

【只會動動鍵盤而已，你也沒多了不起。】

【確實，虛擬實況主都是廢物，但你跟他們也差不多。】

自己的留言得到了各種回應。但人影似乎完全不在乎，只是不斷地在各個不同網站上留下類似的訊息。

一時之間，房裡只有鍵盤的敲打聲響以及人影的呼吸聲。然而這聽似微弱、連噪音都算不上的聲響，卻像是行走於鋼絲之上，腳下是萬丈深淵一般令人不安。

「有什麼了不起的……有什麼了不起的……」人影如此說道：「沒有那個虛擬身分，你們，什麼都不是——」

預計在週日的直播日，很快地到來了。

洛軒在直播開始前大約半個小時，已經先開啟了彩璃的頻道直播，同時觀察著有多少人跟著自己一起「待機中」。

人數大約只有一兩百人；雖然這只是待機、而不是真的在直播時的人數。這對於一名個人勢虛擬實況主而言已經算相當不錯。

但若是以「世界第一」做為目標……只能說有極大的進步空間。

趁著這段時間，洛軒打開了彩璃頻道的所有影片，打算隨便先挑某一次直播來

看看，順便幫對方一起想看看有沒有什麼適合的直播方向。

要知道一個虛擬實況主最喜歡什麼類型的直播內容，最簡單的方式就是看過往的直播檔，或是對方的首次直播跟自我介紹——然而洛軒來來回回找了好幾遍、卻沒有看見彩璃的初次直播檔。

「該不會沒有做自我介紹吧……不可能不可能。」

就算對於直播再怎麼不熟悉，自我介紹這種已經可以寫進「連猴子都懂的虛擬實況主教戰守則」的慣例行程，也不至於忘得一乾二淨吧？

可惜現在也不能貿然地發送訊息，洛軒擔心自己傳訊息過去反而會適得其反。

在這之前，洛軒也透過電話的方式，協助許璃把V-Gate的直播環境掃描設定完成，不過，不曉得這次的雜談，許璃有沒有特別額外設定一些特別的直播場景……因此對於洛軒而言，這一次的直播同樣是一場「未知」。

隨著預定的時間越來越近，洛軒的心情也不自覺地跟著緊張起來。

晚上七點三十分，直播正式開始了。

輕柔的BGM響起、螢幕上出現了簡單的開場小動畫。

洛軒看了一眼聊天室，只有寥寥可數的留言閃過。

【開臺了欸。】

【咦？不是影片？】

【這個實況主不是只丟影片檔上來嗎？】

【看外型感覺還不錯～】

……

打開投影功能，洛軒發現自己來到了某個房間，空氣中有著淡淡的薰衣草香氣，令人不自覺放鬆下來……對於許璃而言，這可能是她現在最需要的吧？

而這個房間的主人——彩璃此時正看著手邊的操作介面，時不時地擺弄著。

過了一會，彩璃的聲音才傳了出來。

「——嗯？啊、啊、啊，有聽到嗎？音量應該沒問題吧……嗚啊，早知道就先問清楚了……」

【音量沒問題！】

【晚上好！】

【哈囉！彩璃！】

「喔喔！我看到各位的留言了喔！大家晚上好！」

彩璃十分有活力地向聊天室打招呼，金髮藍眼的虛擬形象此時也開心地晃著身體。

「那——個，大家好啊！每一天都要用最棒的笑容面對大家！我是高中生新人虛擬實況主，彩璃！雖然說新人好像也不太對啦……但是我才出道一個多月而已喔！我還能算新人，對吧！」

【一個多月的新人，草。】

【勉強 Safe 吧？】

【妳不能算新人了啦。】

「欸？不、不能算新人了嗎……啊哈哈哈，大家多多體諒一下嘛。今天呢！今天……那個，我……對、對了！最近呢，我換了一些設備了！也因為這樣才想說要來直播呢。呃，那個……」彩璃的聲音突然變得有些慌亂：「該怎麼說呢……就是……」

【緊張了？】

【在緊張呢～】

【草，像是首次直播一樣。】

「不是啦！我、我才沒有在緊張！那個，所以想趁著這次機會，再來一次跟大家分享我的興趣，就是這樣子的雜談喔！欸……接下來要講什麼好……」

彩璃的角色突兀地靜滯不動、背景則響起了翻動紙張的沙沙聲響。

【小抄 www】

【真的準備了很多欸。】

【生活音幫大忙了。】

螢幕的另外一端，許璃就像是一艘迷失在暴風雨中的小小漁船，分不清楚來處與去向。雖然想好了許多的話題，但是又不曉得要從何處開始。

要怎麼樣才能夠吸引更多的粉絲？要怎麼樣才能夠留下觀眾？這種患得患失的

心情，反而讓許璃沒有辦法像是現實那樣跟別人聊天。

聊天室此時也只是少少幾個人在留言、同接更是開始逐漸下降。

到底要怎麼做才好？

許璃不斷地看著自己在這幾天準備好的筆記跟小抄，一邊胡亂拋出幾個話題：

「說起來，大家吃過晚餐了嗎？果然按時吃飯對身體來說比較健康呢……不是啦，我也不是說一定要這樣做，只是就健康的角度來說這樣子會比較好而已……」

【為什麼會越講越心虛啊 ww】

【準時吃飯很重要！】

這就是……真正面對著粉絲的直播……

許璃一邊看著聊天室的內容，腦袋變得有些昏沉。

想要回應聊天室的內容，但不知道要從哪一條開始回起會比較恰當。

要怎麼做才好呢？

不管怎麼樣，先讓自己清醒一點才對。許璃拿起了一旁的水瓶：「啊，我先喝口水喔。」

【彩璃今天晚上吃了些什麼呢？】

就在此時，這一條留言出現在聊天室內。

這個留言平淡無奇，僅僅只是一個簡單的問句。然而彩璃頓時張大了眼看著這一條飄在自己眼前的訊息。

這個留言者的ＩＤ，寫著「洛特」。

「今天吃了些什麼……」許璃的遲疑只有一瞬，接著便開始說道：「咦？這個留言……是洛特嗎？那個洛特？」

【咦？】

【真的假的？】

【本人？】

【不是什麼偽裝的帳號吧？】

【洛特現在有在開臺嗎？】

聊天室的留言在洛特出現之後，瞬間活躍起來。

「我——」許璃說道：「今天是在家自己煮晚餐吃的喔！至於是吃什麼，答案就是很簡單的馬鈴薯燉肉而已喔！」

洛特【竟然會自己下廚，很厲害。】

【真的是本人！】

【晚洛特！】

【晚洛特！】

「其實也沒有這麼厲害啦。我只是不想要吃太多外食而已。話說大家今天晚餐都吃了些什麼呢？」

【泡麵。】

【速食。】

【微波便當。】

【我還沒吃……】

看見這些留言，許璃笑了。

就是這樣！只要保持下去的話一定可以……！

看著彩璃開始跟觀眾互動、開始分享自己生活的日常跟興趣等等。洛軒此時才鬆了一口氣。

在現實跟在螢幕前與人聊天是完全不同的兩種感覺；現實的聊天中，能夠看見對方的表情、反應，能從他們的動作中發現一些端倪。但面對著螢幕與人聊天，回應自己的只會是一句句文字。

虛擬實況主在絕大部分時間，都必須面對著螢幕自言自語，還必須在腦海中幻想著觀眾會有什麼樣的反應，許璃並沒有真正接觸過這種狀況，因此會感到慌亂。

好險自己沒有當個沉默的觀眾——雖然用自己的帳號留言也不一定會是好事，可能會喧賓奪主，不過看來許璃的表現相當好。

洛軒的社群軟體傳來了訊息。

群主D【挺用心的嘛。】

洛特【群主你在看的話，就說句話啊。】

群主D【我有啊。】

洛特【你的帳號是哪一個？】

群主Ｄ【晚餐吃微波便當的那個。】

洛特【還真的是你……】

洛特【群主，問你一件事。】

群主Ｄ【講。】

洛特【你怎麼發現彩璃的？】

群主Ｄ【隨便亂翻直播列的時候，偶然發現的。雖然是個感覺啥都不太懂的人，但我覺得她還挺有魅力的。直播的時候雖然話不多，但看得出來很健談。】

洛特【確實是這樣。可能這就是才能吧。】

群主Ｄ【說起才能的話，明明洛特你也不差啊？】

洛特【……並不是。】

洛軒又看了一眼螢幕前開心地跟觀眾聊著天的金髮虛擬形象，露出一抹淡淡的笑容。

彩璃的直播持續了整整兩個小時。

在這兩個小時內，彩璃跟觀眾聊著各式各樣的內容、也訂下了未來幾次的直播計畫。

「那麼……差不多是要休息的時間了呢。畢竟我還只是個學生嘛。」

【真・學生。】

【竟然真的是學生嗎？】

【角色扮演真徹底，草。】

「我當然是學生囉。」彩璃說道：「好了！今天謝謝大家能來我的直播！可以的話，以後我會多開一些直播的！就先這樣！大家晚安囉！」

【晚安！】

【彩璃晚安！】

【謝謝妳的直播！】

【晚安晚安！】

過了幾秒鐘，螢幕顯示出「直播已離線」幾個字，洛軒這才把視窗關掉。

下一秒，許璃的訊息便傳過來了。

彩璃【！！！！！！我成功了！！！】

洛特【恭喜妳！很成功的直播呢！】

彩璃【謝謝！要不是你幫我開話題，我可能今天又會失敗了吧。】

彩璃【真的……很謝謝你。】

洛特【不要太在意啦。我只是幫妳開了一個頭而已，能成功是因為妳自己的關係喔。】

彩璃【但還是很謝謝你。天啊，希望我不會興奮到睡不著。】

彩璃【明天學校見囉！】

洛特【嗯，晚安。】

彩璃【（睡覺表情）】

看見對方下線之後，洛軒這才關掉電腦準備休息。

有了成功的雜談直播經驗之後，許璃的虛擬實況生活終於正式上軌道了。

以這次直播做為後續的直播發展計畫，許璃開始重新安排自己的直播時程，內容則包含一些不需要有太多操作的遊戲，或是跟觀眾聊天的雜談直播。

雖然只是一小步——但彩璃，確實在不斷地進步跟獲得更多關注。

漸漸地，在社群媒體上，與彩璃相關的消息與關注也越來越多。

【洛特也認識彩璃嗎？】

某次洛軒直播時，突然看見這樣的留言。

「咦？」洛特說道：「認識是認識啦……不過這位觀眾是新朋友？那個……基本上，如果實況主沒有特別提起，盡量不要在直播中提起實況主以外的人喔。」

洛軒一說完，好幾個留言就快速地從自己眼前飄了過去。

「不不，不是責備啦，這樣說也太過分了——就是在說你喔。」洛軒伸手抓住其中一條留言，上面的措辭稍微激烈了一點：「第一次看的人難免會不曉得嘛，如果不是一直在刷留言的話，我覺得不用這麼反應過度啦……」

【洛特人真好～】

【竟然這樣也不會生氣……】

【在直播提起其他人很沒禮貌喔！】

【對、對不起，我不是故意的……】

「沒事沒事，只是提醒一下而已。我自己雖然沒什麼關係，不過有些虛擬實況主會比較介意……不過，說得也是……」洛軒稍微想了想，如此說道：「我有看過她的直播，雖然經驗還不多，但她是一個很認真的虛擬實況主喔，如果能夠受到更多的關注就好了呢。」

【真難得，洛特竟然會推薦其他虛擬實況主！】

【也關注看看吧！】

「喂，你們這些人，可別到後來全部都跑去彩璃那邊了啊。」

雖然嘴上這麼說著，但螢幕上的洛特只是輕輕一笑。

與此同時，這樣的討論不僅僅只是在網路上、也能現實生活中感受到。

「你們看過這個虛擬實況主嗎？」

那是某天下午，洛軒跟許璃兩人走在學校走廊時，偶然聽見經過的幾名同學正在討論著。

「啊，我知道！」另外一人說道：「之前偶然在網站上看到她，好像常常在玩遊戲呢。」

「對啊，我也是最近才看到，我還滿喜歡她的直播的。」

「你會在她的直播上留言嗎？」

「會啊，之前還被唸到，超級幸運的啦。從今天開始，彩璃就是我老婆了。」

「你看到每一個虛擬實況主不是都這樣說嗎？根本是花心吧。」

「喜歡所有虛擬實況主的事情，能算是花心嗎？」

「……」

洛軒聽著逐漸走遠的幾名同學正開心地討論著，隨即看了一眼隔壁的許璃。

果不其然，許璃此時臉上洋溢著滿足的笑容。她發現洛軒看向自己，一邊笑著，一邊朝對方伸出拳頭。

雖然遲疑了一會，但洛軒最後還是拿許璃沒轍似地聳聳肩，同樣伸出手。

兩人輕輕地碰拳。

「所以在那之後，你也沒有特別幫忙她什麼吧？」

「沒有。說實在的，我好像除了幫她拉新觀眾之外，就沒有其他用處了。」

今天洛軒並沒有直播行程，一回到家之後便開始打開通訊軟體聊天。

此時在通話的另外一端，是前陣子突然宣稱要舉辦大會的細雨。

「這樣不也挺好的嗎？」細雨說道：「畢竟你自己也有你的粉絲要顧吧？」

「我的粉絲之前還勸過我休息一陣子呢。」

「你的粉絲會不會對你太好了一點……」

「該慶幸我的粉絲不是老磚那種類型的吧。」

「確實，唉。」細雨說道：「真不知道老磚到底是厲害，還是蠢到家。」

「哈哈。」洛軒說：「話說回來，妳的企劃……」

「只用好一點點而已啊。」細雨回答：「沒想到才剛宣布要辦大會，學校那邊馬上就要模擬考……」

「辛苦了。」

「好羨慕你那邊啊。你們學校好像沒有這麼多考試吧？」

「畢竟我們這裡並不是升學式高中嘛。」洛軒說：「學校這邊反而鼓勵學生多多參與課外活動喔。」

「那你怎麼不多去參加課外活動啊。」

「我的課外活動就是直播。」

「說得還真理直氣壯。」

「不過啊，」洛軒問：「說真的，妳怎麼會突然想要辦大會啊？妳不是因為學業的關係，基本上不太喜歡主持大型企劃的嗎？」

「就是因為沒有主持過，所以才想要試試看啊。」細雨回答：「幹麼？覺得我沒有辦法勝任是吧？」

「我可沒這樣說。」

「……嗯，簡單來講的話，」細雨說道：「大概就是……想要留下一些回憶吧。」

「你看，我跟你差不多同個時間開始活動，但是跟你比起來，總感覺我好像還沒有做過什麼讓人深刻記憶的大活動呢。」

「沒有必要跟我比吧。」洛軒說道：「我能夠有現在的粉絲數，也只是運氣很好而已。」

「可以的話，我也想要你那樣的運氣呢。」

「……」

「……你看啦，都是因為你提這什麼爛話題。氣氛突然變得有夠糟的。」沉默了幾秒鐘後，細雨說道：「既然你都提到這個了，下個星期六晚上有沒有空？」

「要幹麼？」

「幫忙啊。你不是說需要幫忙就找你嗎？」細雨說：「正好在 V-world 裡面有些東西要麻煩你幫忙準備，免費的苦工有誰會拒絕呢？」

「妳應該沒有狠到只叫我一個人來幫忙吧。」

「放心吧，我還找了艾斯跟學姊。」細雨說道：「你也可以問問看彩璃要不要一起來幫忙啊。」

「去當苦力有什麼好找的啊……」

「好啊！我去我去！」

隔天，當許璃聽見洛軒提及這件事時，立即展現出高度興趣。

「我說啊……我們可不是去玩的啊。」

「沒問題的啦，我也很想去幫忙呢。」

「既然妳都這樣說了……當然，能夠幫忙的人越多越好。細雨最近好像挺忙的。」

「細雨小姐也是高中生嗎？」

「是啊，只不過不知道是哪一間就是了。」

「咦？你們沒有見過面嗎？」

「沒有。」洛軒說：「雖然我跟她從出道時就認識了，但我確實沒看過她本人。」

「是這樣啊……我還以為你們關係不錯，現實應該也認識對方的。」許璃說：「話說回來，不知道細雨小姐要在 V-World 裡面做些什麼呢～」

「我也不知道，反正我只是個免費的血汗勞工。」洛軒說：「如果妳要來的話，記得今天晚上九點在線上集合。」

「OK，我一定會到的。」

看著許璃回到自己的位置上，洛軒翻開了手機上的行事曆。

「雖然不是升學向學校……但是期中考也快要來了欸。」

「——確實，對此我的內心則是毫無波瀾。」

「可以不要這麼自然地偷聽別人自言自語嗎？」

「有什麼辦法，誰叫我們坐在隔壁，然後你還在那邊低著頭看著手機喃喃自語的嘛。」趕在遲到前最後一刻進來教室的紹文說道：「令人不在意都不行呢。」

「反正還有兩個月左右，應該勉勉強強吧。」洛軒說：「雖然現代社會都說什麼多元職涯、適性教育之類的。但是考試考砸的話，一定會被老師盯上的吧？為了避免引人注目，我會想盡辦法混入人群裡面的。」

「那樣多無趣啊，怎麼不試著成為統計學的極端值呢？」

「我個人比較喜歡當個中位數，謝謝。」洛軒說：「還有，我數學很爛，所以不要再用這種討人厭的比喻了。」

「笑死。」紹文說：「喔對了，問你一件事。」

「幹麼？」

「你對那個，叫什麼來著……虛擬實況主？對，大概是這個。」紹文說：「你對這東西熟嗎？」

「還行吧。」畢竟自己就是虛擬實況主呢，洛特想道。

「那是什麼來著？」

「嗯……簡單來說，就是真實的人使用虛擬形象直播吧。」洛軒說：「為什麼突然對這東西感興趣了？」

「也不是感興趣啦。」紹文說：「其實啊，前幾天我參加了一場聯誼來著。」

「一開頭就是令人厭惡的現充環節呢。」

「然後啊，有幾個女生似乎也在聊這方面的事情呢。」

「那是怎樣，明明是現充，但是要裝作『呀~人家其實也是有在看動畫跟二次元這類的東西的啦』的樣子嗎？那根本就不是對二次元有興趣，只是單純想要欺騙宅宅清純內心的婊——」

「停停停，你也太過激了吧。」

「啊，真是不好意思，不小心代入自己之後覺得莫名火大呢。」洛軒說：「請你繼續。」

「其實聯誼不是重點啦。」紹文輕描淡寫地帶過最為重要的環節：「因為當天有好幾個人在討論，讓我也有些好奇起來。如果我沒記錯的話，方永仁他以前是不是也有在追虛擬實況主啊？」

「我沒什麼印象……」洛軒不確定地回答道。實際上，為了避免自己身為虛擬實況主的身分曝光，洛軒在學校幾乎不聊任何有關虛擬實況主的事情。

「我對自己的記憶一直都很有信心。」

「是喔……」

「為什麼用這麼敷衍的回答啊。」

「你們在聊什麼？」就在此時，一名同班的男同學湊了過來：「戀愛話題？」

「在聊前幾天的聯誼，然後現在是在思考方永仁有沒有看過虛擬實況主。」

「有喔。」意外地，男同學十分肯定地回答：「不過說起這個，讓人有點討厭欸……」

「欸，怎麼了怎麼了，有八卦？」紹文一臉好奇。

「也不算八卦啦……」那名男同學說道：「高一的時候大家對彼此都很陌生。不過之前校外教學分組，我剛好坐在方永仁隔壁，所以記得特別清楚。」

「結果，在遊覽車上面，他都在看虛擬實況主的直播喔。」

「你看吧。」紹文看了一眼洛軒，後者只是聳聳肩，紹文繼續問：「然後呢？」

「然後，我本來想說找個話題跟他聊一聊，就問他那是什麼……」男同學微微皺眉道：「結果在那之後大概一個月的時間，我幾乎每天都被他傳訊息。比如虛擬實況主的介紹啦、直播剪輯啦，或是翻唱之類的……」

「聽起來就很煩……」即便是紹文，此時表情也有些為難：「你跟他說過了嗎？」

「說過了。」那名同學無奈地搖頭：「可是他還是照傳不誤，所以我後來幾乎都是已讀他，過了好一陣子才沒有繼續。多虧了他，我對虛擬實況主算是完全沒興趣了。說起來，那不就是使用虛擬投影直播嘛？這樣有什麼好看的？」

「每個人看法不同嘛。」紹文說：「就跟他覺得是棋盤、你覺得是綠豆糕一樣。這種事沒有正確答案的啦。」

「可是就真的不有趣啊。」對方說：「之前看了幾次沒覺得什麼特別的。」

「好啦，謝謝你的感想。綠豆糕。」

洛軒沒有做出什麼表示或是評論；身為一個宅宅，洛軒可以理解方永仁的行為——將自己喜歡的事物推薦給其他人，本來並不是一件壞事；然而過度的推薦容易造成他人的困擾，最後出現反效果……比如現在這樣。

「可是，很奇怪呢。」紹文說：「如果按照你講的這樣，方永仁他應該很喜歡虛擬實況主才對。結果我昨天中午在餐廳遇見方永仁，剛好跟他聊了聊關於這方面的東西。」

「你聽得更混亂了，是嗎？」洛軒問，要是被一股腦塞進一堆不必要的知識，任誰都會吃不消吧？

「確實更混亂了，但不是你想的那樣。」紹文說：「方永仁他啊……好像很討厭虛擬實況主的樣子喔。」

「欸？」

「他一聽到虛擬實況主這個詞，就變得好像有點……神經質？不滿？我也說不上來。」

紹文微微歪著頭：「他還說了些什麼來著……我記得是什麼『只是一群躲在螢幕後的膽小鬼』之類的……然後就自己走掉了。所以我才覺得很混亂。」

「雖然這可能是偏見啦，但我以為阿宅都挺喜歡虛擬實況主的？」

「嗯，確實是偏見。」洛軒回答：「但是頂多是不感興趣或是無感吧，這麼明顯的厭惡感……我是沒遇過啦。」

「在聊什麼？」就在此時，第四人加入了對話，是位女同學。

「在聊本來應該很喜歡虛擬實況主的方永仁，其實很討厭虛擬實況主。」

「欸，那是什麼，聽起來很宅欸。」那名女同學露出有點厭惡的表情：「啊，不是針對你喔，吳洛軒。」說到一半，彷彿才想起洛軒也是「宅」的那一邊，於是稍微澄清了一下。

「啊，沒關係……」洛軒這麼喃喃。

「但是虛擬實況主啊……」女同學很認真地想了一會之後說道：「我好像有印象喔？聽到方永仁講這件事情。」

……我們班有這麼八卦嗎？洛軒在心裡淡淡吐槽。

「欸？是什麼是什麼？」紹文問。

「可是這樣子亂嚼舌根是不是不太好啊……」女同學似乎有些躊躇。

想了一會之後，女同學還是簡單地將事情娓娓道來。

「記得是……高一寒假？」她說：「因為有寒輔嘛，那時候我又坐在他附近。他下課的時候都會打開手機看直播、有時候還會用那個……SC？話說回來，SC是什麼東西啊？」

「SC是什麼東西？」紹文轉過頭看向洛軒。

「呃……用真實的金錢斗內虛擬實況主，然後就可以把自己的留言變得很顯眼，讓虛擬實況主比較容易看見。如果運氣好被唸到的話，會讓人覺得很開心。」

「那有什麼特別的嗎？」女同學反問：「不花錢不是也能能留言？」

「是這樣沒錯……」

「算了，那不重要。」女同學回到原本的話題：「之前有一次，我剛好在下課的時候偶然聽見——方永仁他好像一直說著什麼『明明我這麼信任你』、『結果都只是騙局』之類的東西。在那之後，好像就沒什麼聽他聊過這個了。」

欸？原本是大粉絲結果轉黑粉？有這麼戲劇化的嗎？當幾人還在討論時，洛軒憑藉著零碎的資訊跟了解，很快地就拼湊出事情的真相。

「反正，我也沒辦法管別人是怎麼想的嘛。」紹文聳聳肩：「總之我只知道現在的方永仁，對虛擬實況主還挺感冒的。」

聽著紹文下了像是結論一樣的話，洛軒看了一眼方永仁的位置。此時對方正坐在自己的位置上看著小說。

平時總是獨自一人，對於周遭的事物好像總是慢半拍或是不在乎。

總是很早就離開教室、也不喜歡跟別人攀談；洛軒也曾經跟永仁同組過，但對方給自己的感覺，有一種很強的疏離感。

不過洛軒自己也沒有什麼資格覺得別人奇怪就是了，畢竟自己才是真正的「邊緣人一號」啊——永仁還只是「二號」而已呢。

紹文說得對，洛軒可沒有辦法管對方的想法——都已經自顧不暇了，哪有時間再多管閒事。

不過……原來永仁不喜歡虛擬實況主啊。看來這需要記下來，免得以後不小心踩到別人的雷點……不，可以的話，最好不要跟對方有太多接觸會比較好……

「這種人洛特你不是早就看過很多了嗎？」

當天晚上，在等待細雨跟彩璃上線前的洛軒跟艾斯、小百合在語音頻道裡閒聊時提到了這件事。

「社群啊、直播聊天室啊、提問箱啊……」小百合說：「到處都是呢～」

「但那是在螢幕的另一端啊，是網路之『海』的另外一端啊。」

「你這樣講真的不會侵權嗎？」艾斯吐槽。

「身為一個虛擬實況主，同班同學則異常討厭虛擬實況主……」洛軒說：「現實又不是小說。」

「而且還曾經是超級粉絲，只不過是個獨角獸然後被狠狠傷害之後，投入黑暗面從此一去不復返……呵呵，現實比小說誇張多了。」小百合說：「雖然我周遭好像沒有這種人……不過也有可能是因為，我都沒有注意周遭的人……吧？」

「能不能別理所當然地說自己跟社會脫節啊。」艾斯說。

「有什麼辦法嘛。」洛軒說：「我們啊，可是把所有可以跟現實互動的時間，全部拿來直播的人啊！」

「不不不，那你們就趕緊去跟現實互動啊喂。」

「你說得挺簡單的嘛。問題是你覺得我有辦法流暢地跟現實的同學互動嗎？」洛軒說：「過度評價也要有個限度啊！」

「原來能夠跟現實的同學互動是一種過度評價嗎!?」艾斯說：「饒了我吧，我今天來可不是負責吐槽的啊……」

「艾斯你身邊難道沒有這種人嗎？」小百合問。

「欸？」艾斯有些遲疑：「大概……沒有……吧？」

「你這不是半斤八兩嘛……」

系統的提示音響起，隨後細雨的聲音傳了過來：「哎呀，你們都這麼早到啊。」。

「小雨晚上好～」小百合說道。

「晚上好呀，學姊～」

「不好意思！我有點遲到了……」接著，彩璃的聲音也響起。

「沒關係啦，我們也才剛到沒多久。」洛軒說。

「今天就我們幾個而已？」艾斯問：「怎麼不叫老磚或是妮妮一起來？」

「妮妮好像最近被家裡限制要在九點半前就寢，老磚今天有直播。」細雨說：「還好啦，要準備的東西其實也沒有這麼多，我們幾個就夠了。」

「V-World 有什麼好準備的啊……」洛軒抱怨。

「洛特你吵死了。」細雨說。

V-World 最一開始做為「能夠讓任何人都能夠享受虛擬世界的樂趣」開發，在經過多年的發展與眾多創作者的更新，如今的 V-World 幾乎能夠做出任何存在於現實世界的東西——或是基於各種理由，難以出現在現實世界的東西。

當然，這個程式同樣可以跟 V-Gate 串流、也能先在 V-World 把想要的東西設計製作好，直接上傳到 V-Gate 當成直播素材使用。

在溫和的白光跟「歡迎進入 V-World」的字樣出現在洛軒眼前之後，映入眼簾的，是一張能將自己的腦袋直接吞下的血盆大口。

「我靠這什麼鬼！」

洛軒用超快的速度打開操作介面，在那張巨嘴把自己吞進去之前直接動用了管理者權限，將眼前不清楚是什麼來頭的生物直接移除。

仔細看了看四周，洛軒才發現自己身處的位置是一片大草原——而且有大量的各類恐龍漫步，遠處還有一座正在慢慢噴發出岩漿的活火山。

「啊啊……我想起來了。」洛軒扶額：「上次打開這玩意，是為了恐龍捕獵大會吧。」

「沒錯，而且後來結束之後，完全沒有人想過要處理剩下的東西。」

細雨的聲音從身旁傳來，洛軒一轉頭便看見一名身穿水手服的女高中生，白色的短髮搭配上紅色的雙瞳、手上還提著一把紅色的雨傘。

「所以才要找人一起來幫忙啊。」一邊推著眼鏡，艾斯這麼說道。

「我是第一次來到這裡……」

彩璃有些怕生地站在眾人旁邊，小心翼翼地觀察四周。

「彩璃妳不用太擔心啦。」小百合安慰道：「隨興一點就好。還有，新人會遇到的問題都可以來問我們喔……喂，洛特？彩璃是你今天拉來的吧？你可要好好照顧人家啊。」

「是、是，學姊你放心。」

「不過話說回來。」艾斯開口：「細雨，這次你要舉辦的大會是什麼啊？」

「讓我猜猜。」洛軒說道：「限定一週的角色扮演大會？」

「獵捕外星人賺取分數的狩獵大會？」艾斯問。

「從手無寸鐵開始的荒島大逃殺？」小百合試探性說道。

「欸、欸？那……」彩璃猶豫了幾秒鐘後說道：「那我就……挑戰超辣壽司的俄羅斯輪盤大會……？」

「為什麼你們都只想得出這種地獄般的企劃啊。」

細雨嘆了一口氣：「都不是，我這次只打算辦個正常的煙火大會而已。」

眾人一臉遲疑。

「我知道、我知道啦！」細雨微微臉紅：「很普通對吧？很無聊對吧？但我就沒有想到什麼特別的主題嘛！」

「煙火大會也很棒啦。」洛軒說道：「沒問題的，企劃一定會成功的。」

「我們都會盡力幫忙喔～」小百合說道。

「……嗯，謝謝你們。」細雨點點頭：「那就趕快開始吧！」

第5章　月球之上沒有兔子

煙火大會的準備並不難，問題是要把整個空間「清空」，倒是花了不少時間。

「所以說，為什麼每次企劃結束都不好好地整理場地啊。」

一邊抱怨，洛軒手上拿著一把高壓噴水槍，一邊朝地面跟建築物噴灑過去。原本布滿著植被跟藤蔓的地面被水槍清潔過後，變成了光滑、無機質的灰白色地磚。

「我更好奇的是，為什麼我們不直接用管理者權限把所有東西清空就好？」在洛軒旁邊，艾斯同樣拿著相同的高壓水槍問道。

「根據細雨的說法：『這樣你們下次才會記得把東西恢復原狀，而不是兩手一攤等別人收拾。』」

「聽起來真有說服力。」

「可不是嘛。」

艾斯轉過身，對準一隻正在往自己方向衝來的迅猛龍噴灑水柱。接觸到高壓水柱的恐龍慘叫一聲後，隨即炸開成一堆像素方塊，緩緩消失在空中。

「所以……」他說：「最近過得怎麼樣？」

「我嗎？」洛軒說：「一般般吧，跟平常沒什麼差別。」

「難道你們就沒有發生什麼有趣的事情嗎？你可是高中生欸。」艾斯說：「你知道嗎？我最後悔的事情之一，就是我沒有好好地享受高中生活。」

「我很享受我的學生生活啊。」洛軒回答：「上學、回家、開直播玩遊戲——我有什麼好抱怨的？」

「那麼你的人際關係呢？我是指『真實』的人際關係。」

「真實的關係？我們現在這樣面對面聊天，還不算上真實的關係嗎？」

「當然算，但是……你知道的。」艾斯說：「洛特，你花了很多的時間在直播，多到我一度懷疑，你其實早就已經被學校退學了。」

「我知道你想說什麼。」洛軒說：「謝謝你的關心，但我也不知道。或許……我只是不知道該怎麼跟我現實中接觸到的人相處。」

「真的？如果只是看你的直播，大家都覺得你是一個挺外向的人。」

「那是在網路上，在虛擬形象的樣子。」洛軒說：「但在現實……網路跟現實是不一樣的。」

「所以你是說，在網路上面可以做到的事情，在現實反而做不到？」艾斯聳肩：「好喔，我尊重這一點……但是，嘿，至少你正在努力對吧？」

「是啊，大概吧。」

「拜託，自信點。」艾斯感慨：「你知道嗎？你真的很幸運。」

「因為我比你還要晚出生，所以我的生活沒這麼痛苦嗎？」

「其實我是想說至少你身邊有人能夠跟你分享這些，但你說得也對啦。」

「……對啊，我真的很幸運。」洛軒說道：「也只剩下幸運了。」

「幸運可不是想要就有的東西。」艾斯拍了拍洛軒的肩膀：「不管怎麼樣，好好享受年輕生活吧，小子。我就不打擾你了。」

「老兄，以免你忘記。你知道你才剛從大學畢業一年而已嗎？」

「只要一腳踏進成年社會，所有的事情就變了。跟時間沒有關係，你以後就懂了。」

「艾斯在說些什麼啊？」似乎被兩人的對話吸引，細雨走了過來問道。

「天知道。」洛軒看著走遠的艾斯回答：「他大概是在現實被工作狠狠摧殘了吧。」

「一想到我們再過個五、六年也會變得跟他一樣，就突然覺得現在的生活也沒什麼不好的。」

「哈哈哈，說得對。」

「話說回來。」細雨打開操作介面：「你看一下，如果我這次場地布置長這樣感覺如何？」

「妳別問我這種問題啊，妳明明知道我美術很差的。」

「美術很差也不代表沒有美感啊。」

「是這樣嗎……」

正當洛軒和細雨正在場地旁邊討論時，小百合則帶著彩璃在一旁偷偷摸摸地觀察著他們。

「兩位小姐，偷窺可不是什麼好習慣。」在附近晃了一圈之後的艾斯走到小百合旁邊，一邊踢著地上的泥土、一邊漫不經心地說著。

「艾斯你還不是故意離開那邊跑過來看好戲。」小百合回答。

「我才不要當不識趣的電燈泡。」

「那個……」彩璃問道：「洛特跟細雨……他們認識很久了？」

「是啊。」艾斯回答：「洛特跟細雨都是個人勢，但是他們出道的時間其實很接近。」

「這個我倒是知道。」

「嗯，大概也是因為這樣，所以他們在社群上算很早開始就有互動了吧？」小百合回想道：「後來兩個人也滿常聯動的呢。」

「關係好到我們以前都在懷疑，他們兩個關係是不是很不單純。」艾斯笑道：「大概也是避嫌吧，這段時間聯動的次數就變得很少了。」

「避嫌只是其中一個原因。」小百合說：「隨著洛特粉絲越來越多，之後要跟女性實況主聯動，姑且不說洛特自己，那些過激粉或黑粉，也可能會影響到聯動的另一方。」

「再加上細雨因為現實生活的課業問題也逐漸減少活動，兩個人一起直播的情況就變得很罕見了。」

「原來還有這麼多故事……」彩璃說：「我還以為他們私底下發生了什麼事情呢。」

「這倒是沒有聽過。」小百合說：「至少就我所知，他們兩個人私下關係非常好就是了……嗯？」一邊說著，小百合突然意會到了什麼，壞笑說道：「怎麼啦？該不會彩璃妹妹把細雨當成勁敵了吧？」

「咦？不不不，妳誤會了！」彩璃連忙揮手否認：「我跟洛特只是……朋友，對！朋友而已！」

「是這樣嗎？可是妳都臉紅了欸。」艾斯說道。

「欸？騙人的吧！」彩璃慌張地打開介面、確認自己的臉是否有任何變化。然後她才想起來，自己早就把進階的表情反映功能給關掉了才對。

「兩位前輩……」她說：「欺負新人這麼好玩嗎？」

「當然很好玩啊～」

「嗯，確實挺好玩的。」艾斯笑了笑，隨後說道：「洛特那傢伙，就拜託妳多多關照啦。」

彩璃投來不解的眼神。

「洛特其實很少會主動介紹新人。」小百合說道：「雖然小彩璃妳是群主邀進來的，但如果不是關係特別好的人，洛特是不會特別跟對方接觸的。」

「所以，對於洛特而言，小彩璃妳一定也是他心中很重要的朋友吧。」

「很重要的……朋友。」彩璃喃喃：「……嗯，說得也是呢！」

既然自己說了「要成為世界第一」，而洛軒也確實在幫助自己完成這個看似不可能的目標，那麼自己就得更加努力才行。

一想到之後還有更多要準備的東西，彩璃便拍了拍自己的臉頰打起精神，繼續整理周遭環境。

「真是青春啊。」艾斯說道。

「是啊。」小百合附和。

「不知道我有沒有這麼好的運氣，能夠體會一把青春的戀愛氣息呢？」艾斯看了一眼小百合：「不如……」

「滾。」小百合毫不留情。

「沒問題。」

在細雨主辦的煙火大會正式舉行前，還有好幾天的時間可以準備。

洛軒當然是維持自己平常的作息，只是一有空便會登入 V-World 繼續整理環境、製作大會用的煙火跟用具等等……每當這個時候，他就會覺得 V-World 在模擬現實的程度詳細到令人厭煩。

不得不說，在虛擬空間裡面追求過度的真實是不是搞錯了什麼——內心充滿著類似的吐槽，洛軒走進教室。

「咦咦？許璃妳怎麼了！沒想到妳竟然也會有黑眼圈啊！」

「啊哈哈……最近因為偷偷追劇，所以稍微晚睡了點。」

「追劇？是在追哪一部啊？跟我們說說看嘛！」

洛軒面無表情地坐下。

追劇……這個藉口確實不錯。但對於親眼目睹事實的洛軒來說，他在意的點並不是這個——而是許璃這幾天彷彿把自己當成在放暑假的學生一般，每天不是直播就是登入 V-world 幫忙，一旦上線就是搞到凌晨一、兩點才肯下線休息。

「哈哈哈，在追的劇特別多呢。」許璃說：「最近幾個在排行榜上的劇，我都很推薦喔！」

「真的嗎！那這樣我也要去看！」

「在說什麼事情呢？」聚集到許璃身邊的人增加了。

「許璃她說她最近很推薦幾部劇喔！」

「是嗎！我最近正好追劇荒呢～」

洛軒看了看人群逐漸聚集的許璃座位，聳聳肩後轉回頭。

「話說，你今天早上是不是有事要找我？」

當天放學後，洛軒和許璃兩人一同走回家。

「……妳注意到了啊。」

「欸，這種口氣是怎麼回事。」許璃說：「好噁心，好像某種跟蹤狂一樣。」

「我拿東西丟妳喔？」說著，洛軒還真的從書包裡拿出一個小袋子、輕輕拋給對方。

「這是什麼？」

「我最近買的，想說妳應該會用上。」洛軒說：「本來是早上要給妳的，不過錯過時機了。」

許璃好奇地打開袋子，裡面是一瓶白色的小罐子。

「是專門保養喉嚨的東西，雖然便利商店也有賣，不過要買的話建議還是去藥局比較好。」洛軒說：「算是我臨時想到的，我家剛好也都用完了，暫時先用這個代替。」

「咦？謝謝你！」許璃說道：「我還想說要問你或是小百合學姊，關於這方面的問題呢。」

「我還擔心妳早就準備了呢。」

「啊哈哈……我還真忘記這件事了。」許璃有些不好意思：「最近沒開什麼直播，喉嚨倒是沒有使用太多。」

「講到這個。」洛軒說：「我說啊——妳的網路使用時間也要注意一下啊！」

「嗚！」許璃似乎被說中了弱點：「那是因為……太有趣了嘛！」

「萬一身體出了什麼問題可就不有趣了。」洛軒翻了個白眼：「就算退一步說，熬夜只是小事……但連同學都注意到妳熬夜了，那就需要注意了。我是因為不起眼，本來就不會有什麼人注意我，可是妳不一樣啊。」

「不要說沒人注意你這種話嘛。」許璃說：「我也是很在意洛軒的喔。」

「那還真是……謝謝呢。」

「這麼簡單就害羞了？」

「才不是勒。」

許璃笑了。

「嗯，但是……」許璃手指捲了捲自己的頭髮：「你也是在關心我對吧？謝謝你。」

「不，我也不是特別為了讓你感謝才說這些……」

「咦？你那個是傲嬌系經典臺詞吧？洛軒你是這種類型的嗎？」

「誰知道。」

跟許璃道別後回到家的洛軒，在吃完晚餐、梳洗完畢之後坐在電腦桌前，開始了今天預定的直播。

「大家晚上好！我是來自浩瀚的星空、以世界頂點邁進的虛擬實況主，洛特喔！」

隨著直播開始，洛特就這麼飄在寬廣無邊的星空之中。周遭是繁星點點、時不時還能夠看到流星劃過身旁。

聊天室的留言，同樣像是一道道星光般地從自己眼前飛過。

【晚洛特！】

【晚洛特！】

【洛特晚上好！】

「大家晚上好啊。」洛軒說：「又來到久違的週五了呢。不知道洛特民的各位有沒有好好度過這一週呢？」

【工作好累～】

【工作真的有夠累。】

【無能同事真的有夠煩人。】

【被同事氣得不想去工作了。】

諸如此類，大量的訊息快速地自聊天室刷出。

「看來大家對自己工作的環境也不是這麼滿意呢。」洛軒說：「不過……同事嗎？說得也是呢。雖然想要跟周遭的人打好關係，但也不是這麼容易的事情呢。要說什麼樣的話才不會失禮呢？這樣子回應他人是不是有些不妥呢？不管是工作或是生活，這樣的煩惱會不斷湧過來吧──我也是每天都面對著這些呢。

「特別是，如果想要打好關係的人又屬於一個小團體的話……那種難以親近、或者說隔閡的感覺，真的非常明顯呢。」

【我懂～】

【洛特你說得真是太對了！】

【洛特你很懂嘛。】

「拜託，我超懂的好不好。」洛軒笑著說道：「但是啊，雖然逃避也是一種解決方式，不過洛特我還是覺得……雖然過程會很難受、很艱辛，有時候會覺得不管怎麼樣都不順利……即便如此，如果不去嘗試的話──就什麼都不會開始喔。

「也許現在正在聽著直播的各位，在生活中也會有『這種事情怎麼可能會順利成功啊』的經歷，但是面對這樣的情況──假如連自己都不相信會成功的話，又有誰肯相信你呢？

「──不過，這也只是我不負責任的一點小心得啦。不管怎麼說，我只希望來收看直播的大家，能夠從我這裡得到一些笑容呢！那麼，今天的雜談主題是──」

一個多小時後，洛軒結束了今天的直播。

稍微整理一下直播的檔案，洛軒伸了個懶腰、同時看看通訊軟體上有沒有其他人上線。正好，其中一個語音房內，細雨的頭像正在裡面；洛軒便點了進去打算打聲招呼。

「我不是說了嗎，學業的部分您不用擔心。」

原本打算開口的洛軒在進入房間後，卻聽到了細雨的聲音。似乎是在跟什麼人通話。

「沒錯，最近的考試我都有準備、而且也都拿到了不錯的成績……遊戲？是，這幾天剛好朋友有約，所以玩得比較多一點——但是我並沒有因為這樣而耽誤我的學業……等等，這跟我們之前說過的約定不一樣——不是那個問題！」

而後則是一陣沉默。

「……我知道了，我會再跟老師說明這件事。至於我的私生活，希望您不要過度干涉……是、是……三餐都有按時吃啦，您不要擔心。土產就不用了啦……知道了，我會再注意的。

「那就先這樣，晚安。」

切掉通話之後，細雨這才發現洛軒早已待在語音頻道裡了。

「……你都聽見了？」

「呃，其實也沒有聽見太多啦……」洛軒說道：「……抱歉。」

「不是什麼大事啦，沒關係的。」

「剛剛跟妳通話的……」

「是我父親。」細雨淡淡回答：「雖然我才高二，不過他似乎希望我從現在開始，就有充分的學習計畫跟未來規劃。」

「畢竟妳們學校是升學重點校吧。」洛軒說：「不過從現在開始準備未來升學的事情，那以後直播的事情怎麼辦？」

「你可真是說到重點了。」細雨有些無精打采：「答案是……我也不知道。」

「……」洛軒聽見對方說的話，一時之間也不知道該說什麼好。

「算啦，之後總會有辦法的。」細雨說：「話說彩璃呢？你沒跟她一起上線啊？」

「為什麼妳覺得我會跟她一起上線啊。」洛軒面無表情：「小姐，我才剛直播結束而已欸。」

「我以為你們有約好嘛。」細雨壞笑說道：「幹麼？你們兩個不是同班同學嗎？沒趁這個機會好好拉近距離喔？」

「首先，我們是同學的事情拜託妳千萬不要說漏嘴，感恩。」洛軒說：「再來，很遺憾的是本人在學校，大概跟路邊雜草一樣毫不起眼，要趁著這個機會拉近距離什麼的，根本就是妳想太多好嗎？」

「你的直播風格明明是主打心靈雞湯式的雜談欸。」細雨哭笑不得：「結果在網路上叱吒風雲的黑衣青年，到現實中只是個——」

「只是個什麼都做不到，也什麼都不敢做的普通學生而已。」洛軒打斷對方：「沒錯——這就是洛特的真面目。」

「老實說，我從以前就很想問了。」細雨說：「雖然以我們兩個人的關係，隨便詢問現實的事情是不怎麼合適啦……不過洛特你給我的感覺……嗯，該怎麼說呢——你啊，好像對現實生活不太有自信對吧？」

「那是當然。我只對肯定、一定、確定的事情有自信而已。」

「可以請你不要用這麼有自信的口氣，講出這麼沒出息的話嗎？」細雨說：「我就覺得奇怪了，你看像我們兩個現在對話，你也是表現得挺正常的啊。怎麼從你口中聽到的感覺，現實是不怎麼跟人互動嗎？」

「誰說的，我現實也是有朋友的好嗎？」

嗯，雖然目前只有一個……也許可以算兩個？

「我是不知道你怎麼想的啦。」細雨繼續說道：「但是把自己搞得跟個不食人間煙火的邊緣人，好像也不是什麼解決之道吧？」

「妳幹麼一定要這麼堅持我需要改變啊。」

「你這樣子本來就挺不正常的吧。」細雨說：「醒醒，洛特。不管虛擬世界的你是什麼樣子，讓你能夠好好吃飯的地方還是現實好嗎？」

「……」

洛軒輕輕往後一靠，怔怔地望著房間的天花板。

當然，他知道細雨說的是對的，但是……

曾經有個男孩，總是有著許多奇奇怪怪的幻想。

他幻想著學校裡面埋藏著不知名的寶藏、他的腦海裡總是充滿著各式各樣的奇幻故事。巨大的怪獸、不存在現實裡的奇妙生物，拿著劍與盾的勇者試圖拯救世界……

男孩想要向大家傾訴著自己的幻想。

在小學的時候，同學們還會覺得男孩的想法充滿天馬行空的創意。當日子逐漸過去、男孩漸漸成長——原本的「有趣」變成了「不懂得看氣氛」。

「吳洛軒，你說話能不能經過腦子？」

「你以為講這些有的沒有的，很酷嗎？」

「中二病喔，有夠白痴。」

這些話語或許並非真的有意，卻讓男孩再也不敢隨意開口。

會不會又冒犯到他人？會不會讓周遭的人討厭自己？越是如此思考、洛軒越是感到恐懼。

於是時間繼續流逝，最終成長為少年的男孩，再也無法面對著現實的人們。

也許在內心深處，那名小男孩就像是身陷黑暗之中，永遠地被留在這裡。

過往的話語如同揮之不去的夢魘一樣如影隨形。就像是無論多努力地揮舞雙手，依然無法驅散的重重迷霧一般。

洛軒的腦袋嗡嗚著，讓他頭昏欲睡。

直到耳機的另一端再度傳來細雨的聲音。

「……洛特？」發現對方過了好幾秒都沒有回應，細雨輕聲問道：「你還在嗎？」

「嗯？啊啊，我在我在。」洛軒回過神來：「抱歉，剛才發呆了。」

「沒事吧？」細雨的聲音有些擔憂：「好啦，我剛剛講得有點太超過了，抱歉。」

「不是妳的關係啦。」洛軒說：「只是剛好想到以前國中的事情。」

「沒事啦，既然是國中的事情，表示都過去了吧？」細雨轉移話題：「不如多聊聊你的同班同學彩璃如何？」

「妳除了八卦之外，就沒有其他功能了是吧。」

「我只是很好奇什麼樣的人會讓你對她這麼照顧。」

「妳都知道是同班同學了，我還能不照顧嗎？」

「才怪，你這個人才沒這麼熱心。」細雨說：「你可別忘記，雖然我們兩個人從來沒在現實中見過彼此，但好歹也認識了這麼久。你可不是會因為這麼簡單的理由，就幫忙對方到這個份上的人。」

「在妳眼中我有這麼勢利眼啊……」有些自嘲地喃喃之後，洛軒抬起頭怔怔地望著空無一物的天花板，「……她說，她想要成為世界第一。」

「在虛擬實況主已經滿街都是的情況下？」細雨說：「我不是那種喜歡潑別人冷水的類型——但這也太困難了吧。」

「我一開始也是這麼跟她說的。」洛軒說：「我以為她什麼都不懂，只是隨便喊喊或是抱著隨便玩玩的心態而已。」

但洛軒從彩璃的眼中看出來了——那絕對不只是一句玩笑話。少女是真心相信自己，並以此為目標前進著。

這樣的她，深深吸引了自己。

「很諷刺的是，虛擬實況主在十幾年前被認為是『不可能成功』的一種娛樂。」洛軒說：「畢竟如果能看見真人，誰又願意跟著一個會動的圖畫聊天，或是看他們玩遊戲呢？」

然而，在過去無數的前輩們的成功，以及更多的失敗累積而成的，便是現在的景色。

「既然我們本就是從極微小的可能性中誕生的……那麼我也很想看見她成功的那一天。」

「……我能夠理解。」細雨喃喃：「但是，我大概做不到吧……對我來說實在是太過虛幻了。」

「我也這麼覺得啊。」洛軒苦笑：「但至少，我能夠在力所能及的程度，給她一些幫忙。」

「這樣不是挺好的嘛。」細雨笑著說道：「加油喔，我支持你們。」

「妳那種語氣真是令人感到討厭欸。」

就在此時，系統傳來提示音——有人加入了語音頻道。

「抱歉我來晚了……」彩璃的聲音傳了過來：「呃……我應該沒有打擾到你們吧？」

「沒有沒有，我們只是閒聊而已。」細雨說：「話說彩璃，妳看過我之前跟你推薦的動畫了嗎？」

「我看了！」一提到這個，彩璃便興奮地回答：「那部真的超感人的啦～我都看到哭了！」

「對吧！我就知道小璃妳喜歡這種類型的！」

這稱呼也變得太快了吧？洛軒雖然很想吐槽，但礙於兩名女性此時似乎聊得很熱絡，他想了想決定貫徹沉默是金的原則，默默地打開了遊戲。

由細雨主辦的煙火大會，多虧眾人接連數天的努力，此時場地已經布置好大半。

「沒想到進度這麼快。」細雨說。

「哼哼，因為我最近有空都在幫忙嘛。」彩璃驕傲地說著。

「是啊，把時間全部拿來幫忙，結果連自己直播的時間都沒了。」洛軒沒好氣地說著。

「掃興的傢伙！」彩璃對著洛軒做了個鬼臉，拉著細雨到一旁聊天去了。

洛軒聳聳肩，繼續開始布置周圍場地跟準備道具。

「話說，妳這次大會還邀請了誰？」一邊幫忙，洛軒一邊向細雨問道。

「我想想喔……」細雨偏了偏頭：「來幫忙的各位、群主、老磚，還有妮妮……」又說了幾個人名之後，她點點頭：「嗯，大概就這些。」

「人不多嘛。」洛軒說：「當天需要集中觀眾到妳的直播這邊嗎？」

「不用啦。」細雨擺擺手：「大家當天要不要開直播都隨意，只不過是個煙火大會，哪裡需要這麼多限制。」

「細雨小姐妳還真大方，我這是好心被當驢肝肺是吧。」洛軒翻了個白眼：「很好，當天只要我沒開直播我就不叫洛特。」

「就你這點程度還想威脅我啊。」細雨毫不留情地回嘴，隨後一邊笑著一邊跟彩璃說：「開就開，誰怕他啊。」

聽見細雨這麼說的彩璃，同樣咯咯地笑出聲來，兩人繼續靠在一起竊竊私語。

「……唉，希望小百合學姊不要加入她們啊，學姊還是好好當個整天刷遊戲的攻略魔人就好。跟高中生聚在一起聊天什麼的，一點也不適合大學生呢……」看著躲到一旁的兩人，洛軒小聲說道。

「雖然我有同感，不過背後偷偷評價別人可不好喔，洛特。」身旁白光一閃，剛登入進來的艾斯說道：「順便友情提醒一下，小百合現在人就站在你背後。」

「啊哈哈哈……學姊，妳應該不是那種容易記仇的人吧？」

「不好說呢~反正我就是個不適合跟高中生混在一起的老氣大學生，對吧？」

小百合露出一抹意味深長的笑容，走去跟其他兩位女生聊天去了。

「……我多麼希望老磚在這裡。」洛軒說：「至少有人能夠幫我們吸引仇恨。」

「說到這個。」艾斯指指後面：「他今天真的有來。」

「這麼想我嗎，黑衣小鬼洛特。」

洛軒轉頭，映入眼簾的是一個長著火柴人似的手腳、戴著墨鏡的……磚頭。

「天啊。」洛軒感嘆：「我說真的，你什麼時候才要把這個鬼形象換掉。」

「我叫做老磚。」那個磚塊，當然就是老磚，如此說道：「我的形象是一個磚塊，真的有夠符合設定。」

「你明明就有一個人模人樣的形象好嗎！」

「不要做無謂的爭論，洛特小子。」老磚用他細小的黑色線條手臂推了推墨鏡，看向幾名女生：「所以……細雨需要我們幹啥？」

「當勞力啊。」洛軒面無表情：「幫忙建設啊，比如說搬搬磚之類的。你有沒有考慮把自己當成建材的一部分，去旁邊躺好？」

「你以為你這種充滿針對性的笑話很好笑嗎？」

「其實還滿好笑的。」艾斯說。

「……對，其實挺好笑的。」老磚說：「笑死。」

過了不久，洛軒三人正在會場的角落幫忙安裝煙火發射器。

洛軒開口：「老磚，你今天怎麼會來幫忙？」

「幹麼？在你眼中我是這麼冷漠的人喔？」

「不是，因為你通常都是只享受不出力的人。」艾斯說。

「雖然我現在只是一塊磚塊，但你們信不信我會順著網線去揍你們？」老磚說：「講到網線——你們知道最近有不少圈內人被網路攻擊嗎？」

「你是指心靈上的攻擊嗎？」洛軒問：「那不是很正常嗎？」

「不，不是黑粉作亂這麼簡單的東西。」老磚難得嚴肅說道：「是針對 V-Gate 隱私相關設置的系統攻擊。」

「V-gate 不是早就已經設置了十幾種不同的方法來避免了嗎？」艾斯問。

「如果你有好好做系統維護更新的話，當然。」老磚說：「但是呢，由於人類的劣根性——也就是省小錢的情況。有些人似乎並沒有好好地把現在的方案從普通免費版升級到企業版。而這給了其他人一點……小機會。

「當然，我相信兩位都是理智的、有遠見的，不會貪小便宜的聰明人。」老磚說：「群主這幾天傳了幾個消息給我，有些小實況主因為被攻擊，導致私人訊息被公布。」

「糟透了，這些人到底什麼時候才能不對虛擬實況主這麼感興趣？」洛軒說：「……不管怎麼樣，多謝提醒。」

「只要我們繼續以這樣的外貌示人，這種情況就永遠不會停止。」艾斯搖搖頭：「好奇心……真是個該死的東西。」

「別想這麼多。」老磚說：「我可不是為了讓你們心情變得一團糟，或是把你們嚇得瑟瑟發抖才告訴你們這些。以現代的技術，個人資訊洩漏的機會已經沒這麼高了。但……多一分警覺總是好的。」

老磚帶來的消息，讓洛軒也不得不重新注意起自己的資訊安全問題。

「……沒想到還是會有個人資料被洩漏的事情啊。」

隔天許璃跟洛軒一起上學的途中，洛軒也沒忘記跟對方分享這個消息，在聽完過後少女如此喃喃。

「嗯。」洛軒點點頭：「雖然發生的情況已經很少了，但還是得小心。」

「我知道。」許璃說：「謝謝啦。」

洛軒「嗯」了一聲，悄悄瞥了一眼。

此時的兩人離著一點點距離、以同樣的步伐並肩走著。

這讓洛軒不自覺地想起剛認識時，許璃總是會走得比洛軒更快。活潑的少女總是在前方歡快地邁開腳步、自己則會慢吞吞地跟在後邊。雖然只是枝微末節的細微變化……但兩人之間的確正在慢慢地熟悉彼此的節奏。

「……說起來。」許璃的聲音打斷了洛軒的思緒：「期中考結束之後……是不是就要接著辦校慶了？」

「……對，但我多希望你不要提醒我。」

「為什麼？」許璃問：「校慶挺好玩的啊？」

「如果妳國中老是被分到顧攤子，那就一點都不好玩了。」

「有這麼糟嗎？」許璃問：「聽你這樣一講，連我都好奇起來了。」

「……哪有什麼可好奇的啊。」

洛軒搖搖頭，不打算繼續這個話題：「期中考準備得怎麼樣？」

「你是在問學年第一的人有沒有準備好嗎？」許璃笑道：「我是沒問題啦……但你準備好了嗎？」

「可惡，妳也就這時候可以囂張了，好嗎？」

「呵呵。」

「今年校慶，我們班要賣鬆餅。」

當天下午的班會，負責校慶的活動股長輕描淡寫地說著讓洛軒感到最可怕的話。

「太棒了！」紹文說道：「兄弟，就讓我們一同揮灑青春的汗水與淚水、一同創造出宇宙最好吃的鬆餅吧！從麵團開始製作！」

「我建議可以從批發商那邊購買現成的材料，這樣比較便宜。」

「不要試圖忽視我！」

「總之，我們要決定好誰負責哪個時段的排班。」

「欸～」一個女生開口道：「可是這樣會錯過其他班的活動吧？」

「又沒叫你一整天都待在攤位。」活動股長翻了個白眼：「快一點，先搶先贏。」

「我有更好的提案。」一個男同學舉手：「反正班上應該有好幾個沒什麼額外活動的人吧?讓他們顧攤子不就好了?」

「對欸!」另外一個女同學附和:「我們要到處串門子,但是有些人不用嘛。」

「呃,這樣不太好吧……」活動股長有點為難;雖然洛軒從他的表情裡看出了那麼一點想要同意的意思,但估計是礙於公平公正原則沒辦法完全同意。

「欸,你們幾個表態一下啊。」提議的男同學轉頭看了一眼洛軒跟其他幾個在班上比較沒存在感的人:「為了班級其他人,你們幾個犧牲一下應該沒關係吧?」

「對啊對啊。」、「反正你們也只是待在教室滑手機吧?」、「這次先幫我們啦,下一次再換我們來顧攤子。」

一時間,不少同學開始起鬨。

洛軒聽見這些話語,不自覺地握緊了自己的拳頭。手臂因為用力而開始微微顫抖。

又是這種令人不愉快的氛圍。

然而,洛軒只是低下頭,不去注視任何人,也不想做出任何表態。

怎樣都好,反正不管說些什麼,都只會被忽視而已。面對著多數人的壓力,什麼都改變不了。

消極的思考,讓洛軒有些發昏。耳邊彷彿傳來眾多的雜音,令人心煩意亂——

「既然這樣,那我留下來顧攤子好了。」

就在此時,熟悉的聲音卻讓洛軒抬起了頭。

映入眼簾的，是那抹熟悉的身影、熟悉的聲音。就像是往原本雜亂不堪的水面丟下一顆石子，雖然激起了漣漪，但也讓其他的雜音慢慢地平靜下來。

只見許璃舉手說道：「一直麻煩其他人也不太好，反正我也沒有特別想逛的地方；而且我之前就對甜點類的烹飪很感興趣了。不過呢……不知道有沒有人也要陪我一起啊？」

一邊說著，許璃偷偷朝著洛軒眨了眨眼。

明亮的雙眼，帶有那麼一絲的俏皮感——好像篤定著視線投向的少年一定不會拒絕自己。但除此之外更多的，卻是許璃對於洛軒的信任，相信著對方一定會跨出這一步。

而面對少女露出的眼神——洛軒從來都沒能拒絕過。

「……我跟許璃同學一起。」洛軒舉手說道。

與此同時，那種討人厭的感覺早已消失無蹤。

原本提議的男同學似乎沒料到許璃會主動選擇顧攤子——他本來最初的計畫就是藉著這次校慶的機會，跟班上的班花拉近距離；此時他只好硬著頭皮繼續說道：「哈哈哈，如果連許璃同學都要顧攤子的話，那我也跟著一起好了。」

「不用啊。」許璃輕輕笑著說：「大家不是還得逛校慶嗎？」

「許璃要顧攤子的話，那我也要留下！」、「對啊，我們女生都留下來好了！」、「男生自己去校慶亂晃啦，反正你們留在攤子也沒什麼幫助嘛。」

「不是都說男生這種勞動力要留在攤位上嗎？」洛軒喃喃。

「大家都是牆邊草嘛，哈哈哈哈。」紹文拍了一下洛軒肩膀：「不錯嘛，懂跟喔。」

「你閉嘴。」

轉頭看向許璃，洛軒發現對方此時也看著自己，而且還偷偷比了個V的手勢。

真是拿這個人沒有辦法……洛軒苦笑，同樣朝著對方比出手勢回應。

「這個啊，這個我們普遍叫做人生事業兩得意。」

「這句話才不是這樣用的好嗎？」

晚上，V-World 伺服器內。

經過了眾人數天的努力，煙火大會的準備已經來到了尾聲。看著從無到有，變得琳琅滿目的會場，洛軒有些感慨。

彩璃今天並沒有上線，洛軒跟幾個熟人則有一搭沒一搭地聊著。

「不然這句話是要在什麼時機用。」艾斯反問：「難不成是賠了夫人又折兵嗎？」

「算我求你，妮妮在的時候不要亂教。」洛軒翻了個白眼。

「妮妮沒有笨到這種程度，洛特哥哥。」在幾人旁邊若無其事地拿出繪圖工具開始畫圖的粉色頭髮小女孩說道：「雖然我只是個小六生，但是基本的諺語我還是懂，好嗎？」

「現在的小六生都這麼可怕喔……」艾斯咂舌。

「人家是企業勢，請給予足夠的尊重。」洛軒煞有介事地說道。

「洛特哥哥你覺得你的衣服變成什麼顏色比較好看？妮妮覺得紅色加綠色挺適合的。」

「瞧瞧，有企業在背後撐腰就是不一樣。」艾斯笑道。

「兩個大男人欺負個小女孩像不像話？」小百合挑眉。

「小百合姊姊，不用理他們啦。」妮妮繼續手上的動作：「可能個人勢的人看到企業勢，就會有種吃不到葡萄嫌葡萄酸的習慣嘛。」

「就諺語的使用方式而言，艾斯你被妮妮甩了好幾條街。」洛軒點點頭：「妮妮，最近忙些什麼？」

「也沒特別忙什麼吧。」妮妮回答：「跟公司的其他實況主一起合作直播、出些周邊之類的。」

「也太辛苦了吧。」小百合皺眉：「明明妳還這麼小。沒關係，讓姊姊抱一個就不會這麼累了！」

「等等，小百合姊姊妳別鬧！我正畫到一半呢！」

「別這麼害羞嘛，姊姊抱一個～」

「住手啦……！喂！你們兩個就站在那邊看啊！」

「我們哪敢隨便亂動啊。」艾斯說：「這要是一個不小心，還得挨個性騷擾的罪名呢。」

「確實。」洛特附和：「我不想因為這種蠢到家的理由被炎上。」

「真受不了你們。」

想辦法掙脫小百合魔爪的妮妮拍了拍衣服。

「問我會不會太辛苦？至少妮妮沒有這麼想過就是了。」她說：「因為妮妮喜歡直播啊。」

下一秒，妮妮那邊似乎收到了訊息：「啊，是經紀人呢，等我一下喔。」

接著，妮妮的身形像是暫停一般靜止下來，大概是正在跟經紀人講話吧。

「厲害，是真正的經紀人欸。」

「你找個企業勢也可以有經紀人喔。」

「我才不要。」艾斯說：「幹什麼事情都要回報超級麻煩的啦。我又不是在當兵。」

「而且動不動就要開會。」暫停只持續了幾秒鐘，妮妮便重新動了起來、同時補上這句：「抱歉啦，經紀人剛好找我，我得先下線了。」

「沒關係啦。」洛軒擺擺手：「記得大會那天，時間一定要空下來喔。」

妮妮點點頭，高舉右手比出大拇指——隨後不知用了什麼辦法，讓自己的身體慢慢往地面沉去。

「I will be back.」

她甚至加上了臺詞。

「……她這樣子幹真的不會被告嗎？」

直到妮妮全部都沉到地面之下之後，艾斯才這麼問道。

「天知道。」小百合聳聳肩。

時間過得很快。

校慶的準備正在如火如荼地進行著，洛軒每天都能看見正在討論校慶活動的同學，無論是同班還是不同班都是——看見他們如此投入的樣子，彷彿校慶前的期中考根本就不存在一般。

至於洛軒自己對於校慶的投入程度也就那樣：不多不少，在保持最低關注的情況下混水摸魚。

比起現實，洛軒還比較期待細雨舉辦的煙火大會。

一旁的少女似乎也是這麼想的。

「畢竟校慶在高一的時候早就參加過了嘛。」許璃笑著說道：「但細雨的煙火大會可是我第一次參加的大企劃呢！」

「……是啊，我也很期待。」

洛軒一如往常地滑著手機，螢幕上的內容則是彩璃的社群。

經過大量的努力以及小百合等人時常的引流，如今彩璃的粉絲經營有了很大的起色。

當然，這只是開始的一小步。但比起過往那種不知道該怎麼做的無助感，如今的許璃確實感受到了成就感。

「說起來，妳有決定好跟誰第一次聯動了嗎？」洛軒問。

「嗯……我還沒有什麼想法欸。」許璃微微皺眉：「話說，一定要想辦法跟別人聯動才行嗎？」

「當然不是。」洛軒搖搖頭：「只是比起一個人，兩個人一起直播帶來的效果確實會更好……不過這也是因人而異啦。」

畢竟在過去的歷史中，也是有以企業勢出道、極少跟他人聯動的實況主存在。

洛軒並不認為所有人都得想辦法跟別人聯動，才能帶來更多關注。

「不過，如果有這方面的需求，我覺得小百合學姊她們應該會很樂意幫忙，妳也不用太擔心啦。」

「嗯嗯……」許璃似乎在思考，過了一會之後看向洛軒：「那，假如我說要跟你一起聯動呢？」

「欸？」洛軒有些意外：「嗯……也不是不行啦，不過不太建議就是了。」

「為什麼？」

「妳想啊，畢竟我們兩個可不是同性喔。」洛軒說：「第一次聯動就跟異性實況主，一想到喜歡見縫插針的黑粉們……嗚啊，可怕。」

「哪有你說得這麼誇張啦。」許璃撥了撥頭髮，說道：「啊啊——真希望下午就可以先回家準備了。」

「那不就變成蹺課了嘛。」

「乾脆說身體不適所以早退？你覺得這樣有沒有機會？」

「這什麼壞學生用的藉口啊。」

在這之後，兩人陷入了一段沉默。

對於洛軒而言，剛開始跟許璃相處時也時常會變成這樣子——換作是幾個月前，跟許璃之間還沒有任何互動的洛軒，大概會緊張到話都說不好、手足無措的狀況吧。

然而現在，雖然內心還是有那麼一點點小尷尬……至少洛軒不會覺得對方的沉默是因為自己說錯了什麼話，或是自己聊天的內容無趣。

「啊，對了！」

許璃想起了什麼，從一旁的包包裡拿出個小布袋。

裝在布袋裡面的是一個精巧的小盒子，打開之後則是四個從外觀看起來就很精緻的小點心。

許璃把盒子遞給洛軒。

「請你吃。」

「欸？」

「欸什麼欸啊。我跟你說，你要是繼續用這種反應對待異性的話，絕對會單身終老喔。」

「有這件事喔？」

許璃沒好氣地說道：「之前不是說過嗎？要做點什麼東西讓你吃吃看的啊。」

「有喔。」

「……那，謝謝妳。」

洛軒伸手挑了其中一個。

「不用客氣，反正這也只是試作品而已。」

洛軒拿起點心的手僵在半空中。

「你敢放回去的話，我就宰了你。」許璃笑著說道——然而洛軒從那抹笑容中只感覺到無盡的惡寒。

「你應該沒在這東西裡面下毒吧……」

「你這樣真的很失禮欸。」

在許璃的注視下，洛軒只好咬了一小口——隨即，屬於甜品的香氣頓時瀰漫在口腔中。

「……好好吃。」

「是吧？」許璃十分得意：「我最近正好在試著做做看甜點類呢，你可是除了我之外第一個試吃的喔。」

一邊說著，許璃也挑了一塊點心拿起。

洛軒看著眼前的少女，過了一會才開口：「……謝謝妳。」

「不。」許璃搖搖頭：「是我要謝謝你。如果啊，從一開始就只有我一個人的話，我一定沒有辦法變成現在這樣的。」

許璃說：「是因為有洛軒在的關係，我才能夠……成為現在的樣子。」

「我沒有像妳說的這麼誇張啦。」洛軒說：「就算只有一個人，許璃妳也一定可以的。」

「我就姑且把這當成是真的讚美，而不是什麼安慰人的話好了。」

「那是當然，妳沒看見我的眼神嗎？是特別特別真誠的眼神呢。」

許璃哼了一聲，而後說道：「總之……晚上見囉？」

「嗯，晚上見。」

懷抱著期待的心情，洛軒回到家之後就打開了電腦。

在考慮許久之後，洛軒還是決定開了直播。

望著那些不斷滾動的聊天室訊息，洛軒也笑了出來。

「大家晚上好啊！」他說：「今天的直播是要參加大型活動呢！」

「至於本次活動的主辦人，相信各位一定也很熟悉吧——沒錯，就是細雨喔！」

「今天會以比較輕鬆的節奏來直播，所以大家就一起享受這個氛圍吧！」

簡單介紹過後，洛軒便登入了伺服器；與此同時，他也一邊看著聊天室的反應。大部分的反應都一如往常，也有少數幾個在起鬨開玩笑的——但在眾多留言之中，有幾個留言引起了洛軒的注意。

【還搞什麼煙火大會，明明都是虛擬的東西。】

【你們虛擬實況主，現在已經可憐到只能用虛擬的煙火來取暖了嗎？】

……啊啊，出現了呢。

雖然洛軒總有預感，但果然這種大型合作企劃比較容易發現啊。

當然，洛軒可沒有跟別人對嗆的興趣——有這興趣的人叫做老磚，絕不是叫做洛特。

簡單幾個操作之後，洛軒便將這些人的留言通通封鎖並檢舉。

「那麼……」洛軒喃喃：「——今天的煙火，要用什麼樣的角度來看呢？」

第6章 青綠色的櫻之雨

在登入畫面的白光退去之後，映入眼簾的是夕陽時分的風景。

透過大家的幫忙，幾個人在伺服器裡清出了一個區域做為主會場，會場裡面還設有各式各樣的攤位。

無論是小遊戲，還是簡單的小吃攤位一應俱全——不過在這世界裡面，即便吃到撐，身體也不會有任何變化的。

這不禁讓洛軒想起，當時 V-World 剛實裝飽足感功能時，還引起了不少關注……有許多人認為只要欺騙自己的大腦已經吃飽，就可以在現實之中不吃不喝；當然，在那之後的幾個案例通通因為營養不足而緊急送醫，沒有例外。

「洛特你來了啊。」

旁邊傳來聲音，轉過去看了一眼之後，那個在視覺上奪目不已的磚頭人，就這樣一如往常地戴著他的墨鏡、手上還拿著一杯飲料——洛軒一點都不想深究那塊磚頭，到底是怎麼把飲料喝進去的。

「老磚。」洛軒打了個招呼：「現在直播中喔。」

「我知道啊，所以我才跟你打招呼。」老磚說：「洛特民的大家好啊！記得多多關注老磚的社群跟頻道喔！」

「磚粉的各位趕緊去給這傢伙按倒讚吧。」洛軒翻了個白眼。

「不用試著煽動我的粉絲。」老磚露出一抹「嘲諷」的表情：「因為他們早就已經把我的新影片按了個遍。」

「你沒開直播？」

「當然沒有。」老磚不屑道：「我是來享受聚會的，才不要開直播跟粉絲對罵。累死人了。」

「你果然也是會覺得煩的嘛。」

「不是。」老磚回答：「是因為他們都給我用人海戰術，刷聊天室到系統故障為止。」

「……」

能夠讓現今的直播網站產生故障，那也算是一種才能了吧？

洛軒這麼想著，繼續在會場裡面悠閒漫步。

不遠處傳來陣陣好聞的烤肉香氣，洛軒循著氣味走到一處賣烤香腸的攤位前，隨意地拿走了一串。

攤位後的自動機器人發出了一陣奇怪的嘰哩咕嚕聲，不知道從哪裡拿出了幾串還沒料理過的香腸串架到烤爐上。

他輕輕咬了一口，鎖在裡面的肉汁，跟著香氣四溢的油脂一同在嘴裡交織。

基本上，洛軒根本嘗不出系統模擬出來的東西跟現實的差別；唯一的差距大概就是熱量了吧。

「我到現在還是覺得這玩意很神奇。」

背後又有聲音傳來，這次轉過頭之後，出現在洛軒面前的人是一個戴著眼鏡、穿著休閒襯衫的男子。

他看起來平凡無奇，就像是平常走在街道上，隨處可見的普通路人。

然而這個看起來再平凡不過的人，在這群人之中卻有著最不平凡的地位。

「群主。」洛軒笑著打起招呼：「你真的來了欸。」

「既然是細雨邀請的，怎麼樣都得想辦法來啊。」被稱為群主的男子笑著回答：「為此我還取消了晚上所有看臺行程，投身到遊戲裡來了。」

「細雨聽到了一定會很高興吧。」洛軒說：「能讓群主不雨露均霑的面子可大了。」

「哪有你說得這麼誇張。」群主苦笑：「不過話說回來，偶爾這樣子亂晃，不去關注實況的生活也挺不錯的。」

「去工作好嗎？」

「我的工作就是為你們帶來繼續堅持的力量，同學。」

洛軒聽見對方的話，只是聳聳肩。同時再度看向眼前這位看起來人畜無害的普通人——群主。

在群組裡面的暱稱是群主D，一個神祕的傢伙。

人如其名，群主是創建了這個群組，並把洛軒這些虛擬實況主一個個拉進來的男人。

令人感到不解的是，群主並不是一個虛擬實況主——他甚至連實況主都不是，只是一個喜歡看虛擬實況主、喜歡用各種方式支持自己欣賞的虛擬實況主的……普通人。

群主最早出現在虛擬實況圈的紀錄已經完全不可考，就像是有一天突然冒出來裝熟的遠方親戚一般。他不只會在聊天室裡面跟實況主互動、打ＳＣ，也同時透過電子信箱邀請了一批人，加入一個當時一個人都沒有的小群組。

洛特、小百合、老磚等等，這些現在關係不差的人們，便是當時第一批加入群組、被後面的實況主們當成大神瞻仰的最初「開拓者」。

除此之外，群主也是個狠人。

老磚曾經在直播中信誓旦旦地說，無論是誰說了什麼、丟了多少ＳＣ，他老磚都絕對不會跟粉絲道歉的。

當然，這原本只是老磚跟他「心靈愛好者」的日常拌嘴；但是事情於群主出現在聊天室之後，逐漸走向了另外一個極端。

只見群主在短短的半個小時之內，以一分鐘一次的頻率不斷地送出SC——而且每次都拉到系統單次最高金額。

在簡單、暴力的攻勢之下，號稱背脊最硬、為人最固執的老磚，只花了十分鐘就棄甲投降。

「媽的，算老子求您了行不行！別再丟錢了啊啊啊啊！我認輸！我投降總可以了吧！我老磚就是個渣渣！」當時的老磚當眾在聊天室裡這麼說道：「咱們能不能別再用這種資本主義的鐵鎚了？我老磚求求您了！」

過了一分鐘之後，一抹鮮紅的SC加上了一句留言，出現在幾萬名同時視聽的觀眾面前。

「不行。」

從那次之後，眾人只整理出了兩件事：

一、千萬別沒事跟群主亂開玩笑，因為他真的會當真。

二、群主要嘛超級有錢，不然就是個把人生全投資到虛擬世界的神經病。

能夠如此大手筆丟錢，不把錢當錢看的人，同樣引起了不少關注；然而直到今日，依然沒有人知道群主真正的樣子與其他訊息。

沒錯，眼前這個平凡的男子樣貌，並不是群主的真實長相。

小百合曾經藉著自己生日跟群主許了個願望，希望能夠看一眼群主的「尊容」；當時還是使用預設頭像的群主，便丟了現在眼前這個男子的照片。

小百合只開心了大約三天。第四天的時候，小百合傳了一份檔案給洛軒。

「這什麼東西？」洛軒當時問。

「群主的照片，應該說，本來以為是群主的照片。」小百合當時咬著牙、恨不得將對方大卸八塊地說道：「有沒有這麼誇張，他竟然給我用ＡＩ演算出的人臉像當照片！」

……綜合以上各種奇奇怪怪的傳聞，讓群主身上又多了層層的謎團——不過這位男子依然像個沒事人一樣，在每個人的直播裡面出現、跟直播主聊天。

久而久之，大家也都習慣了。

不然還能怎麼辦呢？難不成綁架他嗎？

綁到的是不是本人還很難說呢。

「話說回來。」群主的聲音把洛軒從過往的回憶中拉了回來：「彩璃最近的狀況如何？」

一聽到群主這麼說，洛軒做的第一件事情就是先把直播給改成靜音。

畢竟要聊可不是什麼適合讓粉絲知道的事情。

「嗯……應該還算好吧？」確認自己的聲音不會出現在直播上後，洛軒回答：「我能夠做的事情已經到這裡了，接下來就是看她自己了。」

「這麼說也是。」群主點點頭：「世界第一啊……的確不是什麼簡單的目標呢。」

「我想我應該沒有這麼大嘴巴，把這件事情到處亂說吧？」洛軒有些無奈：「群主您這又是從哪聽來的？」

「喔，彩璃自己在初配信的時候說的。」

「……」

「放心吧。」群主拍了拍洛軒的肩膀：「我覺得如果是她的話，真的很有機會。」

「……我也這麼覺得。」洛軒笑道：「謝謝啦，群主大大。」

「謝我做什麼。」群主只是淡淡一笑：「話說在前頭，我可是很公平的。」

嗯，公平地看完所有人的直播，這也是一種公平對吧？

「那我就先離開，群主您慢慢逛。」洛軒揮了揮手，同時解除了靜音。當然，聊天室也傳來了不少疑問。

「哈哈哈哈，因為剛才聊的是實況主的私事嘛。」洛軒說道：「所以只好先靜音了，大家不好意思啊。」

洛軒一邊吃著手中的食物，一邊繼續亂晃。

【小百合學姊好像在附近釣金魚喔。】

一條留言出現在聊天室裡面。

「小百合學姊？」洛軒說：「在釣金魚？什麼玩意？」

抱持著好奇的心情，洛軒打開地圖找到了小百合。

「嗨，洛特。」

穿著浴衣的小百合向洛軒揮了揮手。同時另外一隻手一抖，直接把「金魚」釣了起來——如果看起來像是史前巨鱷的生物，也能算是「金魚」的話。

「學姊……」面對小百合友善的燦爛笑容，洛軒只能硬著頭皮開口：「這個……是金魚嗎？」

「啥？當然不是啊。」小百合一臉莫名其妙：「洛特，你眼睛沒問題吧？這個看起來跟鱷魚一樣的東西，怎麼可能會是金魚。」

「那釣金魚是……」

「就是釣金魚啊。」小百合點點頭：「這個攤位好像是艾斯設計的，不過應該是參數調錯了。原本應該要放鰻魚進去，現在變成了這玩意。」

「那直接把參數調整回來就好了吧？」洛軒說：「為什麼現在變成釣鱷魚了啊。」

「你不知道嗎？」小百合說：「細雨今天下午的時候，把伺服器的創造權限關閉了。現在我們在這伺服器裡面，就跟手無寸鐵的老百姓一樣喔。」

「那個人為什麼老是喜歡在奇怪的地方堅持啊。」

「誰知道，畢竟今天細雨最大嘛……先不說這個了，你要試試看嗎？」小百合遞過來一根小巧的釣竿：「很好玩喔。」

「……不，我就先不用了。」洛軒看著在深不見底的池子裡，眾多黑色身影翻騰，最後還是決定離這地方有多遠離多遠。

「好吧，如果你想要玩的話，記得回來找我。」小百合露出有些遺憾的表情：

「各位洛特民們也好好享受直播吧。」

「學姊你沒開直播啊？」洛軒問道。

「沒有，因為我懶。」小百合回答。

「……」

跟小百合道別之後，洛軒收到了訊息。

打開一看，原來是彩璃。

彩璃【救命。我的設備好像出現問題了。】

洛特【為什麼？？昨天不是還好好的嗎？】

彩璃【我怎麼會知道。大概是我之前更新的時候設定跑掉了？】

洛特【沒問題嗎？需要找人來幫忙嗎？】

彩璃【喔喔喔，等等。好像可以了。】

彩璃【我先用舊的設備，雖然要重新掃描投影環境，不過應該很快。之後再找時間處理吧。】

好險沒有在今天出什麼大問題……洛軒這麼想著，一邊繼續跟觀眾閒聊著。

彩璃期待今天的大會已經很久了，洛軒也不希望投入這麼多時間進來的彩璃最後因為設備這種問題就沒辦法好好盡興。

「——唷，來啦？」就在這時，細雨的聲音傳了過來。

轉頭看去，洛軒頓時就呆住了。

只見細雨穿著一身以紅色為基調的浴衣，原本的長髮造型在此時則盤了起來，

仔細梳理後用著一根髮簪固定。

洛軒直播的聊天室頓時充滿了大量訊息。

【天啊！那是細雨嗎？】

【浴衣造型好適合！】

【太太太太好看了吧！】

【洛特都看傻了欸。】

「我才沒有看傻了好嗎？」洛軒瞪了聊天室一眼。

「嗨，洛特民們好久不見。」細雨笑著跟洛軒的粉絲打招呼。

【落雨組合要復活了嗎！】

【就是今天！就是今天！】

【我活到現在就是為了落雨組合。】

【活到現在就是為了落雨組合＋1】

【活到現在就是為了落雨組合＋2】

【活到現在就是為了落雨組合＋3】

「你們煩不煩啊？」洛軒無奈道：「喂，你們各位倒是自制一點啊……不要去騷擾其他實況主！這是基本禮節吧！」

洛軒已經看到有少數幾個人，已經開始發布一些【洛特是我的，那個女人是什麼東西。】之類的言論，便率先制止聊天室繼續暴動下去。

「沒辦法啦。」細雨聳聳肩：「其實我這裡好像也是……」

「麻煩死了。」

「算了啦，難得嘛。」

細雨笑著說道：「怎麼樣？這次的場地布置。」

「……很漂亮。」過了幾秒之後，洛軒才開口說道：「真的很漂亮。」

「哼哼，謝謝啦。」

「還有，你能不能把權限打開？再這樣下去釣金魚根本就要變成殺人遊戲了。」

「……」細雨愣住了幾秒鐘後，才哈哈大笑：「哈哈哈哈……我還以為你要說什麼重要的事情呢，害我突然擔心了一下。」

「很重要好嗎？」洛軒翻了個白眼：「不然妳自己去看釣金魚攤位。」

「我剛剛有去看了一眼啊。」細雨回答：「艾斯原本要去處理，結果被小百合學姊一腳踹下池子，最後被吃掉了。」

「……」這次輪到洛軒愣住了。

「嗯，很可惜你沒看到。」細雨拍了拍洛軒：「在現場，真的滿好笑的。」

「如果我是艾斯的話就一點都不好笑了。」洛軒轉移話題：「這次真的準備得很充裕欸。」

洛軒指的是細雨身上的服裝。

「好看吧？」細雨說：「我特別請模組設計師做的，雖然有點貴但是超值得。」

說著，細雨舉起手：「你看，指甲的彩繪超漂亮的！」

淡粉色跟一點金色做為點綴的指甲彩繪，金色流光在指間遊走、色澤似有若無地時明時暗如同波光粼粼。

確實很漂亮，但洛軒此時也想不出什麼形容，只能回答：「……很好看，非常好看。」

「洛特，你一看就是不懂得哄女生開心的類型。」

「我盡力了。」

「感受不出來呢。」細雨揶揄道：「倒是你，你還真就穿著原本那件服裝啊。」

「我覺得這衣服沒什麼問題啊。」洛軒看了一眼自己的黑色風衣造型：「嗯，挺好看的。」

「你的美感可以再糟一點沒有關係。」

「畢竟我從小到大的美術課成績都很普通嘛。」

「是是，你說過了。」

兩人並肩走著。

不知何時，夕陽早已悄悄落下。會場周圍的燈火取代了夕陽照亮著四周。漂浮在半空中的一個個光線團，像是一條金色河流，將會場串連起來。

會場的範圍很大，兩人就這麼慢慢地逛，走到附近一處比較少人的地方。

「這次企劃之後還有什麼行程嗎？」發現兩人之間好像都沒什麼話題，洛軒率先問道：「雖然這次企劃確實花費了不少精力就是了。」

「嗯……我有些想法，但還不知道什麼時候才能準備好。」細雨回答：「幹麼？擔心我啊？」

「我擔心各位晴天娃娃們呢。」洛軒笑道：「妳這個人不常開直播的嘛。」

「等等，你別煽動他們啊。」細雨皺眉：「他們好不容易才被我勸得安靜點了——你看啦，聊天室又在刷留言了！」

「呵呵。」

「你呵呵個鬼啊。」

「不過……」洛軒說道：「能夠繼續直播，真不錯呢。」

「……嗯，你說得對。」

細雨輕聲說道，而後打開了介面、看起來是在操作直播系統的東西。

洛軒十分善解人意地沒有打擾對方。但就在此時，細雨的訊息傳來。

細雨【把直播靜音。】

洛特【幹麼？】

細雨【有事要跟你說。】

洛特【幹麼不直接用訊息就好啊。】

細雨【你管我。】

細雨【我希望你能夠親耳聽見。】

洛特【妳要幹麼？】

雖然這麼說，洛軒還是把直播的聲音關掉。

「……好，我關好了。」洛軒說道：「所以妳到底要幹麼？」

「你別催我啦。」細雨輕聲說道：「就算是我……也是需要一點心理準備的。」

「只是說件事是要什麼心理準……嗯？」

看了一眼細雨。洛軒卻發現對方此刻的表情有些……曖昧不明？

有些欲言而止，時不時偷喵一眼旁邊。

嗯？等等？等等！

哪怕洛軒自認是個不解風情的超級直男，看見對方反應至少也會有些猜測的。

這該不會是……

洛軒只關掉了聲音，畫面可沒有關上；此時幾萬名粉絲就跟洛軒一樣，看著細雨的反應——而且是沒有聲音的版本。

頓時，洛軒就看見一大堆的愛心貼圖如排山倒海一般刷來。

然而，洛軒沒有任何心力去阻止聊天室。

只見細雨輕輕撥了一下耳際的髮絲，轉身面對著洛軒。

洛軒吞了一口口水。

「……你不要這麼緊張啦。」細雨開口：「這樣搞得我也會很緊張……」

「那還不是因為妳的關係……」

「果然……果然還是……」細雨有些苦惱地喃喃：「不行不行，明明早就下定決心的……」

好可怕！看著自言自語的細雨，這是洛軒唯一的反應。

「呼……好，我準備好了。」又深呼吸了幾次之後，細雨再度看向洛軒，「其實，洛特，我——」

「——原來你們在這裡啊！」就在此時，有其他的聲音突然插入進來。

兩人同時轉頭望去。

彩璃身穿以白色和藍色搭配的漂亮小禮服走了過來。

「抱歉抱歉，我的設備有些問題所以來遲了。不知道為什麼我一進來就迷路，剛才才找到這裡……好險有觀眾幫忙指路。」看了看兩人，彩璃過了幾秒鐘之後才繼續開口：「……我打擾到你們了？」

「沒有沒有。」細雨率先笑著說道：「洛特剛才只是在問我之後的直播規劃而已啦。」

「啊？嗯，對對。」洛軒附和、同時把直播的聲音打開：「畢竟細雨很少開直播，我還在跟她說，叫她多照顧自己的粉絲呢。」

「是嗎？原來是這樣！」彩璃笑著說道：「細雨姊之後有機會，也要一起合作直播喔！」

「當然好啊！」細雨笑著拉住彩璃的手，轉頭對著洛軒說道：「那，我就先跟彩璃去逛囉，你就自己一個人當個邊緣人，自己逛自己的吧。」

說完，兩個人就離開了。

「……這都什麼跟什麼啊？」

留下來的，只有滿頭問號的洛軒，以及未能從對方口中聽見的話語。

被細雨跟彩璃「拋棄」的洛軒回到了會場。

一回來洛軒最先看到的，便是渾身溼透、坐在一旁長椅上思考人生的艾斯。

他的身上仍都是水，但就這麼一動也不動、任憑那些水滴隨著引力，滴答滴答地朝地面摔落。

「你在幹麼？」

「在思考一百種報復小百合的方法。」艾斯回答：「你知道對於人類來說，背後意味著脆弱、暴露嗎？」

「不知道。」洛軒沒好氣地回答：「你幹麼不把身體弄乾？」

「為了在這裡博取同情。」

「這都什麼爛理由。」洛軒說：「順帶一提，我現在正在直播。意味著你這副模樣此時此刻，正在被幾萬雙眼睛盯著、現場放送喔。」

「很好，是時候讓社會大眾知道小百合有多惡劣了。」艾斯點點頭：「我剛剛被踹下去之後，我的直播現在全部都在刷『草』。」

「巧了。」洛軒看了一眼聊天室：「我這裡也是。」

「同病相憐啊。」

「誰跟你同病相憐……欸我說，你能不能別把旁邊的位子也弄溼啊。」

洛軒一邊抱怨，一邊在艾斯旁邊坐下。

兩個人看著遠處三兩成群的人們陷入沉默。

「……是煙火大會呢。」

「是啊。」

「……明明是煙火大會呢。」艾斯說：「為什麼我們是兩個男的坐在一起等著欣賞煙火啊？」

「確實。」洛軒回答：「我的感想只有三個字：超級可悲。」

「你這樣說，可是把你自己也罵進去了喔？還有，那是四個字。」

「嘖。」

「你這聽起來一整個不屑的聲音是怎麼回事……等等。」艾斯突然皺眉：「又來了啊？」

「怎麼回事？」

「沒什麼，一如往常。」艾斯一邊操作介面說道：「真是的……這種來亂的人，怎麼樣都封鎖不完欸。」

「果然你那裡也是嗎？」洛軒說道。

實際上最近一段時間的直播，常看見一些惡意言論出現在聊天室，只是洛軒很快就處理掉，才沒有造成更多麻煩。

「明明前陣子才變少的……」艾斯有些厭煩：「最近又跑出來了。」

「跑出來倒是無所謂，但是這些人會造成其他人困擾啊。」洛軒說。

「這個時候就羨慕起妮妮了……」艾斯說：「她的經紀人會搞定一切。」

「你的搞定，指的只是有人幫忙封鎖那些來亂的粉絲吧。」

「我根本就沒想過能把這種問題完全解決。」艾斯回答：「能夠讓聊天室清靜下來，我就感恩戴德了。」

「也是。」

就在兩人繼續閒聊的時候，會場傳來了廣播：

『哈囉哈囉！這裡是細雨喔。』

細雨的聲音傳遍了整個會場。

『首先，很謝謝各位今天願意抽空出來參加這次大會。現在時間是八點半，我們預計在九點的時候放煙火喔。最後，希望大家今天都能夠盡興！以上！』

洛軒跟艾斯兩個人同時輕輕鼓起掌來。

「……細雨這次能夠籌辦這麼大的活動，真的很努力了。」艾斯說。

「是啊。」洛軒附和：「畢竟她現實中也挺忙的。」

從籌辦、設計整個會場與活動內容……雖然只是一次簡單的煙火大會。但洛軒認為細雨在這上頭付出的努力，絕對不比其他看起來很豐富的企劃來得少。

畢竟自己也是看著這次活動一步步準備起來的嘛。

真的太好了呢……

「還有一段時間才放煙火啊。」艾斯的聲音把洛軒從思緒中拉了回來：「我就先到處亂晃吧。你趕緊找個伴一起看煙火，不然也太可憐了。」

「慢走不送。」

艾斯離開之後，洛軒又跟聊天室的觀眾閒聊了一陣。

「有這樣的活動真的很棒呢。」洛軒對著聊天室的人們說道：「大家能像這樣聚在一起，對我來說就已經足夠了呢。」

【洛特平常很少跟朋友出去嗎？】

看見聊天室的留言之後，洛軒苦笑說道：「對得也是呢……我其實不算有太多朋友吧？通常有節日的時候，我也都是直播啊。不過我倒是覺得現在這樣就挺好的。」

雖然會場很大，但洛軒畢竟是親自幫忙搭建會場的人之一，只有自己知道哪些位置比較容易看到煙火。跟聊天室互動一陣之後，洛軒便悄悄地往早已挑好的地點前進——距離主會場不遠，就在附近一座小高地。

但當洛軒到的時候，已經有人在那裡了。

「彩璃？」洛軒喊了對方的名字：「妳怎麼躲在這裡？」

「咦？啊啊！」背對著洛軒的少女似乎嚇了一跳，有些慌張地轉過頭來。

「呃，幹麼嚇成這樣啦。」洛軒哭笑不得。

「誰叫你突然出聲嘛。」彩璃說：「我正在跟觀眾閒聊呢。」

「看來開直播的大家，做的事情都差不多。」洛軒向彩璃的粉絲打了個招呼。

隨後問道：「我……可以坐妳旁邊嗎？」

「喔喔，當然好啊。」彩璃笑著說道：「我就知道你會跑來這裡。」

「這麼了解我？」

「那是當然。」彩璃說：「畢竟你前幾天鬼鬼祟祟地在這邊準備嘛，我就在想，你是不是在準備一個看煙火的好位置。」

「這都被妳發現了？」

「哼哼，我可是很細心的。」一邊說著，彩璃從隨身空間裡面拿出兩串糖葫蘆，「既然偷偷占了你的位置，就用個小東西請你吧。」

「我費了一大堆心力布置好的位置，妳打算用個糖葫蘆打發掉？」

「不要就算了，我自己吃。」

「當然要，謝謝。」

接過糖葫蘆，洛軒輕輕咬了一口——被糖衣包覆著的草莓，散發著令人心情大好的甜膩氣息，跟麥芽的香氣一同包覆在口中。

「好吃嗎？」

「很好吃。」洛軒說：「謝謝啦。」

「不客氣。」彩璃笑著說道。

同時傳來了訊息：【你喜歡的話，我下次也可以做給你吃嘛。】

洛特【那我就期待著囉。】

彩璃【敬請期待～】

「話說回來。」洛軒說：「妳怎麼一個人跑來這裡啊？妳不是原本跟著細雨一起嗎？」

「本來是一起逛沒錯啦。」彩璃回答：「但是你也聽見了嘛，細雨剛剛忙著主持活動，比較忙，我就自己一個人先到處晃晃囉。」

「原來是這樣……」洛軒想了想，有些不太確定地說道：「其實如果妳想回去找其他人的話，我是不會介意啦……」

「你在說什麼啊？」彩璃拋來疑惑的眼神：「欸？難道我待在這邊妨礙到你了嗎？」

「不，不是這樣啦。」洛軒說：「如果妳願意待在這裡的話，我很歡迎啦。」

「嚇我一跳……」

兩個人坐在一起，等待著預定的煙火時間到來。

洛軒注意到一旁的彩璃時不時就打開介面，好像在設定些什麼，於是開口問道：「怎麼了？」

「沒什麼啦……」彩璃微微皺眉：「只是不知道為什麼，我的設備設定好像會一直跑掉……你有這樣的狀況嗎？」

「是嗎？我好像沒有這樣的狀況呢。」

「嘛，算了。」彩璃又擺弄了幾下之後放棄：「反正只是今天拿出來應急用的……話說煙火還有多久才要開始啊？」

「再三分鐘。」洛軒看了看手錶：「話說剛剛細雨傳訊息過來，說等等煙火放完之後，要到會場集合拍合照喔。」說到這裡，洛軒自嘲地笑了笑：「話說我上次拍合照，已經是校外教學時候的事情了。」

「真的假的啊。」

「沒錯啊。」洛軒聳聳肩：「而且我合照的位置超級邊邊的。」

「你啊……」彩璃扶額：「真虧你能這樣子度過呢。」

「啊哈哈哈……」洛軒乾笑：「至少現在有比較好了啦……大概。」

『——各位！煙火要準備開始了喔！』

來自細雨的廣播在此時傳來。

「好期待啊。」洛軒說道。

「是啊。」彩璃回答，過了幾秒鐘之後又開口：「我問你喔……」

「嗯？」

「直播，開心嗎？」

「……當然開心啊。」洛軒說：「彩璃呢？經過了幾個月之後，有什麼感覺？」

「我也很開心！」彩璃笑著說道：「能夠做自己喜歡的事情、能夠認識很多跟自己興趣相仿的朋友、能夠遇見這麼多願意支持我的粉絲……每一天都很開心喔！」

「是嗎？」洛軒同樣笑了起來：「太好了——我原本還很擔心，妳會因為不習慣而放棄呢。」

「我才不是那種這麼容易半途而廢的人呢。」

『倒數預備！』

『五！』

『四！』

小百合一邊釣起一隻鱷魚，一邊倒數著。

『三！』

艾斯一手拿著烤肉串，另外一手拿著飲料看著夜空。老磚在他旁邊同樣拿著一杯飲料等待著。

『二！』

妮妮跟幾個朋友一邊玩著仙女棒，一邊等待著煙火來臨。

『一！』

細雨大聲地倒數著，同時按下了煙火施放的開關。

先是一抹流光由下而上、隨後是更多類似的流光扶搖而上。在最高點，綻放。

在洛軒跟彩璃兩人所在的位置，正好能夠看見第一批煙火絢爛綻放的場景。

「真的好美——！」雖然自己參與了大部分的工程，也早已經看過模擬的樣貌，但親眼看見還是讓洛軒驚嘆。

「太厲害了吧！」彩璃開心地跳了起來，伸手指向那些煙火：「洛特！你看見了嗎？你看見了嗎！」

「看見了。」洛軒笑道：「妳也太激動了吧。」

「因為真的很漂亮嘛！」彩璃說著，突然想起了什麼：「對了！難得趁著這個機會……」

只見彩璃拉住了洛軒，並往自己的方向拉去。

「幹麼幹麼？」

兩人距離迅速拉近，讓洛軒有些措手不及。

「這樣比較好拍嘛。」彩璃開啟了拍照功能：「來，笑一個~」

「喀嚓！」

如此突然，讓洛軒一時間不知道該擺出什麼造型跟表情。

當彩璃確認剛才的照片，只看見照片上是滿臉笑容的自己……跟顏面管理似乎故障，整個人僵在原地的洛軒。

「噗……哈哈哈哈哈！」彩璃大笑：「你這個到底是什麼表情啦！」

「妳突然這樣，我嚇了一大跳好嗎！」洛軒辯駁：「這張照片……要不然我們重拍一張？」

「可是現在的煙火沒有剛剛的感覺了。」彩璃看了眼天空，搖搖頭說道：「沒關係——這張照片對我來說已經很滿足了。」

「妳是指妳自己的部分是吧？」

「才不是勒。」

彩璃小心翼翼地將照片收起，隨即整理自己稍微亂掉的髮型跟衣服皺摺。在煙火的映照之下，少女潔白的臉頰，透出了細不可察的淡淡粉暈。

「……洛特。」

「怎麼了？」

「……明年，也一起參加煙火大會吧。」

「……好。」

當洛軒跟彩璃兩人回到會場集合時，眾人已經在等候一段時間了。

「你們最慢！」老磚賊笑：「是不是偷偷幹了啥不可見人的事情啊？」

「你有本事就去我直播檔看。」洛軒回嘴：「光明磊落得很。」

「我為什麼要看一個男性的直播檔。」老磚不屑道：「要看也是看彩璃妹妹的嘛。」

「啊哈哈……」彩璃還是一樣，很不擅長應付老碍的調侃。

「好啦好啦。」小百合拍了拍手：「大家趕緊排好隊型喔。」

一邊說著，小百合一把將細雨拉了過來。

「咦？」細雨十分驚訝。

「咦什麼咦啊？」小百合說道：「這可是細雨妳主辦的企劃——當然要讓妳站C位囉。」

「同意。」洛軒附和：「大家都趕快過來吧，時間不等人——喂，妮妮在旁邊快要睡著了欸！誰快點去把她喊醒！」

「為什麼我沉浸在虛擬世界裡面，還要負責帶小孩……」艾斯趕緊跑過去搖醒對方：「喂，醒醒，妳經紀人拿著菜刀來追殺妳了。」

「什麼！經紀人!?」妮妮被嚇醒：「對不起經紀人姊姊！我下次不會遲交當週預定跟聯動申請了！」

「……」

細雨哭笑不得地拿出照相機，讓其慢慢漂浮至半空中。

「大家一起靠過來看向鏡頭喔！」

等到所有人都站定位之後，細雨喊道：「三、二、一——西瓜甜不甜？」

「甜——！」

「……這什麼三十年前的用詞啊……」

除了眾人大喊之外，不知道是誰偷偷吐槽了這麼一句。

聽見吐槽之後，大家都笑了出來。

拍完合照之後，下線的下線、關直播的關直播。洛軒幾人同樣關掉直播之後，卻還是繼續待在伺服器裡。

「這次的大會真棒～」小百合伸了個懶腰：「細雨辛苦啦～」

「謝謝大家這次願意在之前幫我這麼多忙。」細雨有些害羞地說著：「如果只有我一個人的話，一定沒辦法辦得這麼成功的。」

「看到這次大會，害我期待起細雨下次辦的活動了呢。」洛軒笑著說道：「下次記得也要喊上我們大家喔。」

「是啊是啊。」眾人附和。

細雨露出了淡淡的苦笑——但僅持續了一瞬，隨後她說道：「當然沒問題啊！如果我的課業還忙得過來的話。」

「不用太急啦。」彩璃說道：「明年再辦也很好啊！」

「明年就要把活動辦得更大！」艾斯似乎是來了興致，十分興奮地說道。

「今天應該沒提供酒精飲料吧。」老磚笑著虧他：「你也太亢奮了吧。」

「亢不亢奮我不管。」妮妮揉著眼睛：「但妮妮要睡覺了——其實兩分鐘前，我媽媽已經跑來敲我房間的門了。」

「說得也是。」一直只是聽著、不怎麼說話的群主點點頭：「我等等還要追其他直播主的深夜直播，就先下線囉……細雨，謝謝妳這次辦的活動。」

「大家不用這麼客氣啦。」細雨不好意思地說著：「時間也很晚了，大家趕快休息吧！明天還要上班上課呢！」

眾人聽見細雨這麼說，互相告別之後也紛紛下線。

「那，明天見喔。」彩璃跟洛軒說道。

「明天見。」洛軒說：「不要再熬夜了！」

「好啦好啦～」

彩璃笑著揮了揮手，消失在登出白光之中。

洛軒跟大家道別之後，卻沒有急著下線。

他還有在意的事情。

「嗯？大家都下線了呢。」細雨看了看周遭，隨後視線停在眼前的黑衣青年身上：「……除了你，洛特。」

「嗯，因為我很在意。」洛軒點點頭：「妳今天……原本想要跟我說什麼？」

「呀～」細雨的表情變得有些微妙：「我說啊……因為洛特你平常表現得很遲鈍，我還希望你能夠繼續保持呢。」

「妳都表現得這麼直接了。」洛軒翻了個白眼：「說吧，我做好心理準備了。」

「……你叫我說我就一定要說啊。」細雨卻轉過身去，看著這一整片會場，

「……這次大會，真的很謝謝你們。」

「不用謝我們。」洛軒搖搖頭：「你比我們任何一個人都還要辛苦。」

「是嗎？」細雨苦笑：「我倒不這麼覺得——不過大家能夠喜歡真的太好了呢。」

「大家還希望明年能繼續舉辦呢。」洛軒笑著說：「怎麼樣？有沒有感受到壓力啊？」

「……哈哈。」細雨只是輕輕一笑，隨後開口：「洛特。」

「怎麼了？」

「這件事……我原本是不願意說的。」細雨淡淡說道：「因為這一定會帶給你困擾。但是，越是埋在心底，我就越難受。所以……如果一定要告訴誰的話，我只希望那個人是你。」

聽見細雨說的話，洛軒又開始緊張起來。

不會吧？不會吧！

這種氣氛！這種感覺！

細雨微微轉過頭，看著身後的洛軒。

然而下一秒，洛軒微微張大了雙眼。

「如果是你的話，也許我更能夠說出口。」細雨所說的話語，遠遠超出了他原本的想像。

「其實，我……要畢業了——」

「畢業」。

理由能夠有很多種，家庭、個人、周遭環境、心理壓力。

但無論是什麼理由，畢業——就代表著一個虛擬直播主的終焉。

也許有那麼極少極少數的例外，但洛軒並不認為自己運氣有好到，能見證那種比中樂透還要低的機會出現在自己眼前。

換句話說，眼前的少女——將會在不久之後停止自己在這個世界的「生命」。

即便如此，洛軒依然強顏歡笑，試圖把這個笑話變成某種整人惡作劇，即使它看起來一點都不好笑：「妳是指現實……對吧？明年的事情對吧？」

「都這種時候了，就不要再裝傻了啦……」細雨有些無奈、有些釋然地回答：「很遺憾，並不是喔——要畢業的，是『細雨』。」

「……我能問原因嗎？」

「原因……」細雨找了個椅子坐下，輕聲說道：「……也許有很多吧？」

「妳是不是搞錯了什麼？」聽見細雨的話，洛軒發現自己罕見地有些不滿：「等等，妳給我在這裡等著。我去把大家找——」

「不要找大家來！」然而細雨卻阻止了對方：「這件事……我只想讓你知道而已。」

「事到如今了，妳在說什麼傻話？」洛軒說：「這種大事至少也得讓大家知道……起碼跟大家一起討論看看啊。」

「如果把大家找來的話……」細雨小聲說道：「我一定又會下不了決心吧。」

「妳會這麼說，就表示妳其實也不想畢業，不是嗎？」洛軒有些著急地走到細雨身旁：「到底怎麼了？以我們的交情，還有必要藏著掖著嗎？既然妳覺得說出來會比較好受……那請妳告訴我，發生了什麼，好嗎？」

「就像我剛才說的一樣啊。」細雨說道：「有很多原因……現實中的問題只是一部分。」

「學業……跟家庭的事情嗎？」

洛軒想起前陣子細雨跟家裡人的通話。

「嗯。」細雨點點頭：「具體的事情你之前也聽我說過了，只不過這次我沒能成功說服家裡人而已。」

「但是妳也有做出相對應的實績不是嗎？」

「問題就在這裡啊，洛特。」細雨說：「雖然有實績，但是無論如何，還是會有人做得比我更好、更多。」

「……」

細雨抬起頭來：「——我啊，其實一直都很嫉妒你呢。」

「我也知道，這只是沒有意義的遷怒而已。」細雨自嘲地笑了笑：「誰又不是拚盡全力努力著的？只是現實就是這樣——當凡人在全力以赴的時候，天才也在全力以赴著啊。

「仔細算算也兩年了。我們兩個人以同樣的起點，開始活動到現在、甚至……我的起點比你更高一些也說不定。然而現在，我們兩個人之間的差距可不只是一點點而已。」

「那只是因為我——」

「比較幸運，對吧？」細雨說：「是啊，非常幸運……我也這麼認為。但是啊，每次當我坐在電腦前面直播的時候……無論用什麼樣的方法，都沒有辦法讓自己的粉絲再繼續增加。

「我總是會這麼想著——如果我有你那樣的幸運……不對，不用這麼多。只要有那麼一點點的幸運就好了呢。」

「……」

面對著細雨的話語，洛軒什麼也說不出口。

「……對不起啊。」最終，他只能擠出這麼一句。

「為什麼要道歉啊。」細雨哭笑不得：「要道歉的人應該是我才對吧。」

過了一會，細雨又問道：「洛特你啊……喜歡直播嗎？」

「……很喜歡。」

「我也很喜歡，或者說我本來以為我很喜歡。是才能適合也好、單純當成興趣也好，我本以為我喜歡著這一切。受到關注的時候很高興、遇到低潮時會覺得落寞。我並沒有打算否定這些……但是隨著時間經過、面對著無數增加的壓力——」

細雨有些無奈地笑道：「我才發現……也許我並沒有想像中，這麼熱愛這一切。也許我不是喜歡直播，只是……希望自己能夠被他人注意而已。所以……對不起，洛特。明明我們一起約定著要一同活動下去，但現在的我，可能要早一步先放棄了。」

細雨說了這麼多之後，兩人陷入了長長的沉默之中。

伺服器內開始下起了毛毛細雨。

「真的……不再考慮一下？」過了很久，洛軒才不抱期望地這麼問道。

果然，細雨搖搖頭：「我已經考慮很久了——甚至在我籌辦這次活動前就已經在思考。不如說……這次的活動，大概就是我最後想要為你們留下的一點回憶吧。

「事實就是，即使這次的活動很成功，但我剛剛看了一眼——大部分會來看直播的人都是老觀眾了。新的粉絲群……大概是沒能吸引到呢。」

細雨拍了拍衣襬起身，淡淡說道：「這是我最後一次的回憶，也是最後一次嘗試……雖然看起來不太成功，哈哈。但是我很開心喔，真的……真的很開心。」

細雨露出笑容：「最後一次活動，能夠跟你們一起度過真的太好了。」

「最後……請你答應我一件事好嗎？」

「……什麼事？」

「請你，跟著彩璃一起努力吧。」她從虛擬空間中拿出了那把從第一天就跟著自己的紅色雨傘，一邊說道：「彩璃她……真的是個很棒的朋友喔，雖然我們相處的時間只有短短的幾個月而已……但我也知道為什麼你願意幫她一把了——就像太陽一般耀眼對吧？」

洛軒過了幾秒鐘之後，才緩緩點頭。

「這不是挺好的嘛。」啪的一聲，細雨撐起了那把紅傘，「既然你已經找到了太陽的蹤跡，那麼這場雨……也差不多該停了呢。」

細雨笑著邁開步伐，撐著傘的身影往前走去。

「請不要為我感到惋惜。」她說：「我是細雨啊——從雨中而來、隨著雨停而去。這次真的是最後了——雖然我有時候會偷偷嫉妒你，但是，最初最初的時候，第一個遇見的是洛特你，是我開始活動以來最幸運的事情喔。

「所以，一直以來謝謝你。然後……再見了。」

隨著話語，細雨的身影化為點點星光、最終消逝在空氣之中。

位於住宅區內一間新型住宅內。

許璃在退出遊戲之後深了個懶腰、拿起手機。

一打開社群，便能看見細雨的名字難得地上了趨勢——身為本次大會的主辦人，獲得關注和討論也是很正常的。

不過跟其他幾人比起來，有關細雨的討論確實少了一些。

許璃想了想，在對方的主頁上留下了這麼一個訊息：

【今天的煙火大會真的太棒啦！我很期待明年繼續舉辦喔！！】

留完訊息之後，許璃才注意到對方的主頁上釘選的訊息。

那是細雨在兩年前初次跟這個世界打招呼的動態——以及某個差不多時間出道，只是個默默無名的人所寫下的回覆。

【大家好，我是細雨！從雨中而來與各位相遇！最喜歡的當然是下雨天！希望各位多多關注！】

【下雨嗎……下雨的話心情會不太好呢——但是也沒關係！心情低落的時候就讓洛特我替各位揮去所有不快吧！】

【雖然差不多時間出道，這麼明目張膽地來踢館的人還是第一次見——請多多指教囉，洛特！】

【雖然不太喜歡下雨天，但也許以後會喜歡上也說不定呢——我也是，請多指教了，細雨小姐！】

看見這幾條舊動態的許璃笑了出來：「關係真的很好呢。」

某個陰暗的房間內。

「終於被我抓到了……終於被我抓到了。」

一個人影窩在電腦桌前，手指飛快地敲打著鍵盤。

雖然燈光看不清周遭擺設，但從輪廓中，勉強能辨認出那是許多模型跟書籍。此時電腦螢幕上運行著的程式，似乎正在破解某些東西。程式碼不斷地捲動、改寫著。

「竟然還是用舊型協定，真的太好了……」人影喃喃：「就讓我來看看，你們這些躲在二次元皮囊後面的人多麼醜陋。噗哈、噗哈哈哈……」

程式繼續不停地運作著，直到最後終於完成。

雖然只是一瞬，但對方竟然在重新掃描直播的投影環境，透過系統協定漏洞，成功反向入侵了對方的 **V-Gate** 攝影頭，並且拍下一張不算清晰，但已經能辨認出對方的照片。

當照片出現在螢幕的一瞬間，人影才笑了出來。

那是一種彷彿看透一切的笑聲。

「哈哈哈哈哈——原來就是妳……原來就是妳！」人影再次操作鍵盤，同時說道：「很好……這是我看過最棒的素材了……」

人影起身走出房間——他接下來可要忙起來了。

房間內只剩下螢幕的亮光。

而螢幕上的照片——則是許璃正在專心操作著系統的樣子。

第7章　即便世界充滿著惡意

煙火大會結束了。

但對於洛軒來說，這不僅僅只是一次企劃的結束而已。

他多麼希望這一切只不過是個能夠一笑置之的夢、醒來之後發現細雨還在，而周遭的一切還是依舊。

然而當洛軒隔天起來確認社群時，只看見細雨的新動態。

【雖然很臨時！但是過幾天有重要、非常重要的告知！！】

果然不會這麼剛好啊……洛軒如此想著，就連上學路上的步伐也變得十分沉重。

「早安啊。」

「嗯？啊啊……早安啊，許璃。」

即便許璃跟洛軒打招呼，洛軒也只是淡淡地回答。

「怎麼這麼冷淡？感覺你很沒有精神欸。」許璃有些疑惑：「發生什麼事情了嗎？」

「沒，沒什麼。」洛軒搖搖頭，勉強露出笑容說道：「只是昨天大會結束之後，終於有種放鬆的感覺，所以現在感覺有些燃燒過度……」

「原來是這樣啊，真是的。」許璃笑著回答：「你也太誇張了吧。」

「啊哈哈哈……」

兩人來到了學校附近那間大便利商店。

當洛軒要走到門口時，自動門卻先一步打開——他看見方永仁走了出來、一手提著一個牛皮紙袋、另外還拿著一本小說。

「啊，早安。」既然都是同班同學還迎面遇上，洛軒不會當作沒看見對方。但方永仁只是隨意地點點頭，甚至沒有做出什麼表示；倒是在看見後面跟上的許璃時，露出了一抹笑容說道：「許璃同學早安。」

「嗯，早安喔。」許璃笑著打招呼：「你來得真早呢。」

「……嗯。」永仁點點頭：「其實也還好吧。」

「不是什麼壞事就是了啦。」許璃看見對方手上的東西，問道：「這本小說好看嗎？我好像沒有注意過呢。」

「還挺好看的。」永仁點點頭：「可能你們平常不會特別關注這一類的小說吧。」

「下一次有機會也可以介紹給我啊。」許璃笑著說道。

「……再說吧。」

「那就約好囉。」許璃說：「對了，永仁你最近有沒有在看什麼虛擬實況主啊？感覺你會對這些事情挺有興趣的。」

一旁的洛軒頓時感覺不妙，他記得紹文之前說過，方永仁很討厭虛擬實況主。

但方永仁卻意外地沒有表現出厭惡，只是想了想之後說：「……沒有特別關注，許璃同學妳喜歡嗎？」

「嗯……最近剛好聽到不少消息，所以想說永仁你會不會知道。」

「是嗎，我是沒有特別關注啦。」

「原來是這樣……」許璃說：「啊啊，抱歉，突然就這樣問，你應該會很困擾吧？就不打擾你囉。」

「沒什麼……」永仁回答：「那我就先走了。」

「嗯嗯，等會見囉。」許璃揮著手跟對方道別。

「果然完全不一樣呢。」走進室內，洛軒說道：「明明先打招呼的是我吧？」

「不要這麼小心眼嘛。」許璃笑著輕輕推了推洛軒：「也許人家只是突然看到你，嚇到了也說不定呢。」

「被嚇到的話應該是直接開溜、而不是裝作沒看見，然後跟班花打招呼吧。」洛軒吐槽：「話說回來……他剛剛的笑容看起來還挺奇怪的。」

方永仁看到許璃後露出的笑容，在洛軒眼中看起來……有種冰冷的感覺。

「你是想說皮笑肉不笑嗎？」許璃好奇地問道：「我是沒有覺得有什麼奇怪的

啦……」

「也許是我反應過度也說不定。」洛軒說：「就是看起來有種……很不爽的感覺？」

「這難道是那個嗎？怎麼說來著……宅宅相輕？」

「那個詞最好別再拿出來用了，容易引來各種紛爭喔。」

「好啦好啦。」

期中考。

學生的惡夢、老師的壓力來源。

「你們以為我們喜歡考試嗎？」

第一堂考試開始前，負責監考的班導一邊分著考卷，一邊對著全班碎碎唸：「開什麼玩笑？你們知道出考卷多麻煩嗎？平常不認真上課，然後考試只會跟老師抱怨考的內容都不會。都已經幫你們標好、再三提醒、威脅利誘說這些地方一定會考，會對的還是會對，裝死的一樣裝死。

「老師，這題我不會；老師、那題你沒教——出啥題目都有人嫌，我乾脆拿前三志願的考題給你們算了。出得簡單被罵沒有鑑別度，出得難了又要說在打擊小孩信心，你們這群小鬼的家長跟街坊鄰居間的競爭心態，比你們還要麻煩。」

「怎麼回事？」洛軒悄悄向紹文問道：「班導今天看起來很憤世嫉俗啊。」

「大概是因為校慶加上考試，把他老人家的頭髮細胞又逼死不少了吧。」紹文聳聳肩。

「可怕。」

「改完考卷之後還要面對校慶……」班導說道：「這是什麼地獄週嗎……算了，教育也是一個任重道遠的責任嘛。」

隨著鐘聲響起，班導發下了考卷。

「考試時間一小時，可以提早交卷。但你們誰敢在本人親自教的數學考到不及格，就給老子等著——考試開始！」

考試對於學生而言，總是需要提起十二萬分的精神、更遑論是期中考這種大型考試；但即使是這樣，洛軒也無法很好地集中。

他滿腦子都是細雨的事情，使得洛軒直到放學回家也保持這種渾渾噩噩的感覺。

打開通訊軟體，細雨的頭像保持著灰暗的樣子——但洛軒無法確定對方到底是真的沒上線，還是單純以隱身模式婉拒任何形式的問候。

要說細雨的唯一一個新消息，就是發出了一個直播的預告通知。

洛軒坐在電腦桌前，腦袋裡面一團混亂。

過了幾秒鐘之後，洛軒在社群發布了一條新動態：

【洛特民的各位，不好意思，今天的直播因為身體因素必須暫停一次。】

很快地，底下便出現了許多回應留言。幾乎都是關心洛軒的身體狀況跟表示理解。

當然，還有其他的私訊傳了過來。

彩璃【你真的沒事嗎？】

洛特【沒事，我沒事……大概。】

彩璃【大概是什麼意思啊？我知道最近又是企劃、又是校慶、又是考試的，會很累也是正常啦……但是，你是因為別的事情在煩心，對吧？】

洛特【妳從哪裡得出這種結論的。】

彩璃【女人的直覺喔。】

洛軒看見對方的訊息，噗哧一聲笑了出來。

洛特【我真的沒事，至少現在好多了。】

洛特【至於我煩惱的事情……妳也不要太放在心上。】

彩璃【我不放在心上，還有誰能跟你一起分擔啊？我們兩個都什麼關係了，還這麼見外……算啦，我也不勉強你一定要說。】

彩璃【話說回來，考試的感覺如何？】

洛特【糟透了，各種意義上。】

彩璃【（偷笑表情）】

洛特【這個貼圖看起來有夠欠揍……而且為什麼妳會有妮妮的貼圖？】

彩璃【我最近買的啊。挺好用的。】

洛特【……】

雖然只是閒聊，但洛軒的心情的確好了一些。

躺到床上，洛軒雙手拍了拍自己的臉頰。

「不能再這樣下去。」

不能讓自己影響到其他人——甚至是觀眾。

「……算了，總會有辦法的吧。」

期中考只花了兩天，不過是一眨眼的時間就過去了。

然而考試結束只不過是暫告一段落；真正的苦難與考驗往往都是在這之後——就像是在吃到飽餐廳毫不節制地暴飲暴食之後，過了幾天後面對體重計的心情一樣。

原本一如往常的教室氣氛，在班導抱著一疊考卷走進教室之後變得忐忑不安。

「很好，看來你們這群死小孩還是有基本的危機意識。」班導將考卷扔到講桌上，似笑非笑地看著班上的同學們，「我有好消息跟壞消息，你們想先聽哪一個？」

「好消息！」班上異口同聲地說道——最好是只講好消息、至於壞消息就讓它隨風消逝算了。

「你們以為我會這麼簡單放過你們嗎？」班導冷笑道：「不過沒關係，應民所願，我就先講好消息——好消息是，這次的數學科沒有人不及格。」

班上的大家開始開心地竊竊私語。

「壞消息是。」班導推了推眼鏡：「你們的平均分是所有班級裡面的第二名，這讓班導我顏面無光。所以我正在想要怎麼報復你們比較恰當。」

「老師，第二名也沒什麼不好吧？」一名同學舉手問道。

「你們能不能有點上進心啊。」班導翻了個白眼：「級任導師教的科目還拿不到全年級第一。我都不敢想教師會議要怎麼面對你們的英文老師、國文老師還有化學老師了。」說著，班導開始發回考卷：「這次就饒你們一命。期末考要是又沒拿到全年級第一，你們這群死小鬼就給我走著瞧——紹文！說的就是你！六十分不是什麼值得驕傲的分數！」

紹文吐了吐舌頭，趕緊上前拿回考卷。

過了一陣子之後，班導才念到洛軒的名字。

「有點小退步喔。」在洛軒拿回考卷的時候，班導說道：「最近交女友了是吧，有點心不在焉的。」

全班開始偷笑。

「沒有，我沒有女友。」洛軒搖搖頭。

「喔，那就是剛被甩了，合理。」

「……」

「沒有交到女友。」紹文趁著洛軒回來時低聲說道：「八字還沒一撇呢。」

「你閉嘴啦，六十分。」

「最後一位……許璃。」班導說：「很好，在全班平均愚蠢降低的時候，多虧了許璃替你各位守住了最後的自尊。否則你們可能不是第二名，甚至會掉到第三名去。

「九十六分！不過最近黑眼圈有點重喔。許璃啊，聽老師的話，別試圖獨自一人扛起你後面那群同學了，不值得。」

「謝謝老師。」許璃哭笑不得。

「老師偏心～」有人這麼說道。

「廢話，你們考高一點，我也可以對你們偏心。」班導毫不掩飾：「好啦，為了讓你們校慶能夠玩得更加沒有負擔，我們得開始趕進度了——就像我老師說過的話，我們的教學進度永遠都是落後的。」

「全年級第一。」午休時，洛軒一邊吃著午餐一邊說道：「而且妳還花了大半時間在直播……妳到底是怎麼做到的。」

「上課認真啊。」許璃理所當然地回答。

「請不要用這種學霸式的答案來敷衍我。」

「呵呵。」許璃掩嘴輕笑。

洛軒翻了個白眼，拿出手機看了幾眼。

「怎麼樣？」許璃好奇地湊了過來：「大家最近有什麼好玩的事情嗎？」

「也沒什麼好玩的吧……」洛軒滑著社群動態：「老磚的梗圖素材又增加了、小百合學姊今天連續打了十個小時的電動……我真的覺得，哪天小百合學姊會因為肝硬化然後掛掉。」

「小百合學姊在現實到底是什麼工作啊。」許璃聽見對方的直播時數也不禁咂舌：「我都不知道她怎麼有辦法直播這麼長時間。」

「我只知道她還是大學生而已。」洛軒聳聳肩：「至於其他的個人資料我就不怎麼感興趣了。」

「就算以後我大學了也不敢這麼玩啊……」許璃喃喃：「說起來……就快半年了呢。」

「活動的時間嗎？」洛軒一邊說著，一邊喝著水。

「搞不好是交往半年紀念日啊。」許璃壞笑說道。

「咳咳咳——」

洛軒一瞬間就被水嗆到。

「……有這麼誇張嗎？」許璃說：「只是開個小玩笑而已，別這麼緊張嘛。」

「咳咳、咳咳咳——」洛軒拿出紙巾擦了擦嘴：「下次別在我喝水的時候，突然說出這麼勁爆的話啊喂。」

「搞不好是真的啊。」許璃說：「誰說對象一定是你了？別自作多情啊。」

「……真的？」

「當然不可能啊！」許璃咬牙切齒道：「我才不是這麼隨便的人好嗎？你那個反應是怎麼回事……真是的！我都不知道要怎麼回答才好了……」

許璃偏過頭，但洛軒依然能夠看見對方的臉頰微微變紅的樣子。

「咳咳。」洛軒試圖挽救一下兩人之間的尷尬氛圍：「半年的話有什麼特別的企劃嗎？」

「嗯……我還沒有特別想好欸。」許璃說：「上次參加煙火大會，總覺得用V-World來準備企劃還滿適合的。」

「我覺得挺不錯的啊。」洛軒說：「比如建個紀念建築，或是乾脆一點，唱唱歌或雜談也行吧。」

「聽你這麼一說也是呢。」許璃伸了個懶腰：「等校慶之後再來想想看吧——你可別想置身事外喔，你也要來幫忙的。」

「明明是妳的半年紀念欸。」

「細雨姊叫你幫忙的時候，你挺乾脆的不是嗎？」許璃說：「不管啦，反正你就是要來幫忙——話說，今天晚上細雨姊不是要直播嗎？還特別在這麼早之前就準備好，不知道要幹麼呢。」

洛軒微微一僵。

原來……是今天嗎？

洛軒這幾天已經特意不去在意對方的狀況——因為這幾天細雨根本也沒上線、試圖發幾個問候過去也沒有回應。

「……我也不知道。」洛軒最後只能這麼回答。

抱持著複雜的情緒，城市迎來了夜晚。

晚上九點，洛軒今天同樣沒有任何行程。只是打開了細雨的直播。只見細雨一如往常地跟所有人問候、說說自己的近況，跟這幾天都沒有發出動態的原因，看起來就像是個普通的雜談直播而已。

直到最後半個小時，細雨才平淡地說出了埋藏許久的謎底。

沒有太多的情緒流露，只是平靜地宣告著——然而僅僅幾分鐘內，「細雨畢業」的動態已經成功占據了當日關注第一。

在這段時間內，洛軒的訊息通知也瘋狂響了起來。

屬於他們這些人的群組此時已經爆炸，所有人都在詢問到底發生了什麼事。

當然，也有人直接私訊洛軒——比如許璃。

但洛軒難得地不想回任何訊息。他甚至直接關掉了直播。

細雨的所有直播檔會全部保留、社群帳號同樣也會留下來——唯一的變化，大概就是細雨再也不會有任何的動態更新。

洛軒有些煩躁地起身，在房間裡面晃來晃去，直到電話突然響起。

看見來電顯示，洛軒不是很想接。但估計不接的話明天可能會被挾怨報復。洛軒還是拿起手機。

「……喂？」

電話的另外一端沉默了一下子，才緩緩傳來聲音：「……你沒事吧？」

「我總覺得妳這幾天好像都在問我類似的事情。」洛軒苦笑：「我還好，只是……有點覺得不夠真實。」

「你其實早就知道了……對吧？」許璃說：「從期中考那時候開始。」

「……嗯。」洛軒說：「對不起，我不是要特別隱瞞這件事。」

「我知道。」許璃的聲音聽上去有些小心翼翼：「我不是要怪你啦……我只是有些擔心你的狀況而已。」

「放心，雖然我隱瞞了一些，但我沒有騙妳。」洛軒說：「我真的沒事——具體的原因我也聽細雨解釋過了，經過這麼多天，我也差不多調適好心情了。」

「只是……」洛軒喃喃：「只是有點……失落而已。」

「……」

電話的另一端維持著沉默。

「妳知道我最不甘心的是什麼嗎？」

「……是什麼？」

「我認識細雨已經整整兩年了。」洛軒說：「然而到最後，我甚至不曉得細雨叫做什麼名字、住在什麼地方，過著什麼樣的生活。」

細雨只是跟自己道了別，卻沒有打算讓洛軒找到自己。

「……結果，我什麼都沒能做到。」洛軒喃喃：「為世界帶來希望的黑衣使者，卻連自己身邊最近的朋友的真實姓名都不知道。」

「我本來以為我的現實生活過得很糟，但至少我在虛擬世界中能夠為別人做些什麼。可是現在……」洛軒說：「在虛擬世界的我，不也是什麼都沒能做到嗎？」

「──沒有那種事！」電話的另一端猛然傳來許璃的喝斥。「一定有的！因為洛軒你的話語、你的鼓勵因此被拯救的人，那樣的人一定存在的！洛軒你……一定也是某個人心目中的『英雄』。」

「……也許吧。」洛軒說：「我也不知道……但我沒辦法像妳這樣這麼樂觀啊，許璃。我……沒辦法像妳一樣啊。」

聽見許璃的話，洛軒覺得自己胸口好像被重物壓著一般難受。越是想要解釋，內心那股揮之不去的壓抑感，就像陷入泥沼一樣令人舉步維艱。

「……總覺得你現在好像有些混亂對吧。剛剛的喪氣話我就當作沒聽見。雖然你可能會覺得我只是在安慰你──但有一件事，我得跟你說清楚。」許璃過了幾秒鐘之後才說道：「我之前也跟你說過吧？對我來說，『洛軒』跟『洛特』，並沒有任何的不同。並不是『洛特』才讓洛軒在虛擬世界有所作為；而是因為有了洛軒，才會有如此活躍的洛特啊。」

「……」

「這是我的真心話。」許璃說：「好啦，我只是打來確定你沒事而已。先不吵你啦——不要太晚睡喔，晚安。」

之後，許璃便切斷了通話。

洛軒將手機隨意地扔到床邊，坐在椅子上呆呆地盯著天花板的電燈。空白的天花板、溢出的柔和黃色光線。隨著時間一分一秒經過，原本雜亂的呼吸氣息才慢慢平穩下來。

『——你一定也是某個人心目中的英雄。』

雖然那股窒息感仍未完全消失，但許璃的話迴盪在洛軒的腦海之中，久久不能散去。

隔天，洛軒直到打鐘前才拖著疲憊的步伐走進教室。昨晚的他根本沒有睡好，一直到凌晨才勉強入眠。

「早安——嗚啊，你是昨天熬夜打電動喔？」紹文看見洛軒的臉，不禁如此問道。

「沒啊。」洛軒回答：「沒睡好而已。」

「真的嗎？」紹文指了指教室一隅：「還是說，你跟某人該不會一路聊到早上吧？」

「啥？」

洛軒看了過去，只見許璃的位置一如往常地被包圍著。

「許璃妳昨天也沒睡好啊？」

「沒事吧？」

幾名女同學說道。

「哈哈哈……因為校慶快來了有些興奮嘛。」許璃笑著說道。

說著，許璃注意到洛軒來了，立即拿出手機輸入了訊息。

彩璃【有事找你，出來一下，老地方。】

洛軒不明所以，但只能走出教室，到兩人平常一起吃午餐的地方。

從這裡望出去可以看到校園圍籬之外的風景，汽車在街道上行駛、遠處則是正在興建中的集合住宅區。

就算虛擬世界發生了什麼大事，對於現實世界而言依然不會有任何影響；人們依舊正常地上班上學——甚至連當事人也是如此。

完全沒有任何變化與異常的風景，反而讓洛軒從昨天的煩躁中稍稍冷靜下來。

過了一會，許璃來了。她的手上似乎還拿著什麼東西。

「早安。」許璃說。

「嗯……早安。」洛軒回答。

簡單的打招呼之後，是一陣小小的沉默。

許璃有些猶豫，但之後似乎是下定決心，將手上的東西遞給洛軒說道：「請你吃。」

洛軒一臉疑惑地打開對方遞來的小袋子，發現裡面是一些看起來很精緻的烤餅乾。

「謝謝……不過怎麼這麼突然？」

「什麼叫這麼突然！」許璃瞪了洛軒一眼：「要不是我怕你心情太差，我才不會沒事幫你準備這些！你知道我昨天為了這些搞到幾點才睡嗎？」

「妳特別幫我做的？」洛軒有些懷疑：「這次不是試做之後找我當試吃員了？」

「你不要吃就還我。」許璃作勢要搶回袋子：「好心沒好報。」

「……謝謝妳。」洛軒說：「真的……很謝謝妳。」

「又來了。都跟你說了不要這麼見外嘛。」說完之後，許璃又輕聲喃喃：「……雖然，我知道細雨姊對你來說，大概不是用簡單的『好朋友』就可以帶過的。我也不覺得只認識半年的我，對你而言跟細雨姊一樣重要。」

「至少……我想讓你知道。」許璃說：「我會一直陪著你的。所以……打起精神來，好嗎？」

洛軒看向許璃——那是真心在為洛軒感到擔心的神情。

「……好像除了謝謝之外，我也不知道要說什麼才好啊。」洛軒有些苦笑地說著。

「沒事，你這樣就很好。」許璃笑著說道：「好啦，趕緊回去吧——趁大家還沒開始發現我們兩個都不在教室裡面前。」

洛軒同樣笑了出來。

「話說，我還沒嘗過欸。」

「這不是妳做的嗎？」

「不管啦，分我兩塊。」

「不要。」

「小氣欸。」

兩人回到教室的時候，洛軒感受到了一股怪異的氣氛。

全班所有人都圍在許璃的位置附近，此時全部轉頭看向兩人。出自本能反應，洛軒立即回想自己最近一週有沒有幹過什麼奇怪的事情。

但很快地，有人替洛軒解答了。

「那個……許璃。」一名女同學開口。

「怎麼了嗎？」許璃也覺得有些奇怪。

「是這樣的……」那名女同學問道：「妳知道『彩璃』是誰嗎？」

洛軒一怔，許璃則想了想之後回答：「好像沒有特別聽說過呢……怎麼突然這樣問？」

「這個東西……」

另外一個人拿著一張紙走了過來：「剛剛有不少人在學校裡面發現這個。」

洛軒看了一眼上面的內容，同時提起了十二萬分的警戒。

那是一張由兩個照片並排比對的圖片，而兩張照片裡面的人洛軒都再也熟悉不過——許璃，以及她的虛擬實況主身分「彩璃」。

洛軒有些艱難地轉過頭去，在他身旁的許璃，此時根本看不出任何表情。

……

許璃下午請假回家了。

即便是看到了那張被人惡意散播的圖片，許璃當時也只是笑了笑回答：「我不太清楚呢——也許只是惡作劇吧？」

然而過了不久，班導便一臉嚴肅地走了進來、獨自叫了許璃出去。

「早上的課改成自習。」班導還丟下這麼一句話。

在班上竊竊私語的討論聲中，班導請一名女同學幫忙，把許璃的背包拿去教師辦公室，而後女同學回來時也傳達了更多資訊：許璃下午請假、而且之後還會持續請假一段時間——直到教師們調查出是誰故意把個人隱私散播出去之前。

然而這並不是最糟的消息——那名女同學有些擔心地說著。

根據班導的說法，今天他發現自己的學校電子信箱收到一封匿名郵件，打開之後裡面的內容，竟然是許璃放學時回家路上的照片。

也就是說，不僅僅是個人隱私、甚至已經被偷偷跟蹤……這讓班導也不敢隨意讓許璃繼續當作沒事一樣地上下學。

由於這些跟蹤的照片，班導並不排除是外校人士所為、原本打算直接報警，但在許璃的堅持下才作罷。

雖然校方的反應十分即時、所有散播在學校裡的紙張也都在第一時間回收；然而這也坐實了「許璃就是彩璃」的這個祕密。

虛擬實況主，大家都聽過、但並不是每個人都有接觸過。

為什麼會在學生的時候就跑去當虛擬實況主？是興趣？還是當成打工？單純的事情，會在眾多不同的想法下逐漸扭曲，並且發酵、擴散。

下午的時候，已經有其他班級的同學在下課期間特意跑來教室東張西望——當然，這些人很快地就被許璃身旁的朋友們打發走了。

「這下子……」紹文看了看外邊，壓低聲音對洛軒說道：「可不太妙吧？話說你是不是知道些什麼……喂，你有在聽嗎？」

洛軒此時正在用著手機輸入訊息，過了幾秒鐘才回過神來：「啊？」

「啊什麼啊。」紹文的表情十分嚴肅：「你知不知道發生什麼事？我現在覺得超混亂的。」

「……簡單來說，就是許璃在虛擬世界的身分被發現而已。」

「就這樣？」紹文有些懷疑：「……那好像也不是什麼大事嘛？」

「這可就不一定了，可大可小。」洛軒解釋：「如果只是簡單的長相暴露就算了，就怕現在連個人資訊都被散布到全網路……不，應該已經散布出去了，畢竟連跟蹤都有……」

「要是因為這樣引來奇奇怪怪的人騷擾……也許，甚至必須放棄那個虛擬身分，或是轉學搬家。」

「有這麼嚴重!?」

「對啊，很嚴重。」洛軒說：「而且比起你們所想的，對於許璃來說……還要再更嚴重。」

可惡，為什麼偏偏是現在……洛軒心底想著。

明明已經努力了這麼長的時間、好不容易也有一定成果——現在因為中之人的訊息被洩漏，面臨著可能得放棄這一切，從頭來過的可能性。

問題是……放棄了這一切，還有可能回來嗎？

洛軒想到。

只有自己獨自一人咬牙努力著，看不見未來究竟在何處——相對之下，放棄這一切卻看起來十分容易。

洛軒趕緊搖搖頭，不敢再繼續想下去。

洛特【妳還好吧？】

洛特【妳那邊狀況怎麼樣？】

洛特【拜託了……至少先回我訊息讓我確定妳沒事。】

一連傳出好幾個消息，但許璃都沒有回應。

也許許璃現在也很不知所措——明明早上才被對方鼓勵，現在洛軒卻沒有辦法陪在她身邊。

該怎麼辦才好……

「話說回來，這個東西到底是誰傳出去的？」紹文在這個時候開口。聲音不大，但班上的大家都聽見了。此時紛紛轉過頭來。

「怎麼了怎麼了？」教室外面有其他班的學生問道。

「都閉嘴！班級內部討論啦！」紹文一拍桌子站起來，指著教室外的人們喊道：「非本班戰鬥人員速速撤離此地！滾滾滾滾滾！」

紹文平常是個只會嬉皮笑臉到處鬧扯的人，此時突然產生這麼大的反應，眾人都嚇了一跳。不過既然整件事的女主角根本不在現場，很快地，那些看熱鬧的人們紛紛散去。

「——所以，我們來整理一下吧。」紹文自然地站到講臺上，一邊拿起粉筆開始在黑板寫起字，「許璃是虛擬世界的……那什麼來著？」

「彩璃。」

「喔對對對，隨便啦。」紹文說：「虛擬世界的那個女的——大概是她的虛擬身分吧。我猜這件事情，目前應該擴散的並不多吧？」

「中之人的情報網站已經有那張圖的電子檔上傳了。」洛軒看著手機說道：「還好目前名字跟住址還沒有被發現。但我不覺得會永遠被隱藏下去。」

「也就是說，最早開始散布消息的地方就是學校。」紹文說：「如果是外部人士，我相信早就把所有資訊挖出來了。只有長相被顯示出來，也就代表犯案的傢伙覺得名字並不重要……或者是，他知道許璃的名字早就已經被大家知道了——會有這樣的想法，表示犯案者跟他一開始打算散布的群體，就是學校的同學們。」

「你什麼時候變得這麼會推理了？」一名男同學問道。

「廢話，難道我連我爺爺是名偵探的事情都要跟你們說嗎？」紹文說：「放心吧——賭上我過世爺爺的名譽，這次的案件我一定可以找到犯人的！」

「可是紹文，你爺爺不是前幾天才生日，還偷偷塞給你零用錢嗎？」

「……」紹文此時在講臺上支支吾吾地說著：「這、這哪叫做偷——零用錢的事，能叫做偷嗎？」

洛軒想了想，決定發訊息給了另外一個人。

在那之後直到放學，洛軒整個人都是維持著坐立不安的狀況、連上課內容都沒辦法聽下去。他在這期間看了一下社群，發現各式各樣的留言已經湧進彩璃的主頁裡。

洛軒只看了幾眼便立刻關掉——大部分依然是關心，但也有一大部分是惡意的言論。

許璃的照片並沒有大量散布出去，即使如此，許璃這整週也沒有來上課。

空虛的感覺……這才讓洛軒發覺，他早已習慣了跟少女一同相處的日子。

但洛軒不敢到許璃的家裡去探望——天知道會不會因為這樣子讓她的住址暴露出來？

距離校慶舉辦，只剩下一週左右。

週六。

洛軒今天難得出門，花了大約二十分鐘坐車到市中心，來到一間咖啡廳前。

換作平常，洛軒根本不會走進這種地方——到處散發著高級的商業氣息，周遭的位置上坐著使用筆記型電腦或攜帶式裝置，西裝筆挺的上班族；只是隨意一瞥，那些擴增螢幕上的報表與大量文字都讓洛軒暈頭轉向。

哪怕尚未真的走進去，都能感受到自己的存在跟這個地方完全不搭調——就跟商務襯衫還有海灘褲的的服裝搭配一樣糟糕。

在這種四面楚歌的環境內，洛軒能夠多待一秒鐘都是一種奇蹟。

深吸一口氣，洛軒還是踏進大門。

一踏進咖啡廳，除了濃郁的咖啡香味之外，還輕輕飄著小聲的音樂。雖然到處都有人在聊天，但聲音卻不會大到影響其他人。

位於二樓，靠窗的座位。

洛軒在買了一杯卡布奇諾之後找到了位置。一張雙人座的小桌子上堆著幾本厚重的原文書，以及一臺銀白色的筆記型電腦。

一名看起來大概是附近大學的女大生，此時一邊敲著鍵盤、時不時拿起筆在筆記本上寫些什麼。

她身穿一件白色的連身裙、袖口則用荷葉邊點綴。一頭深棕色的波浪長髮、臉上畫著淡淡的妝。女子的氣質讓她看起來年輕之餘……還多了一絲慵懶。

洛軒輕輕地將自己的咖啡放在桌上，隨後戰戰兢兢地坐了下來。

「……幹麼這麼緊張，併桌是很正常的事情，我又不會吃了你。」對面的女大學生這麼說道，而後抬起眼看了一眼後又補了一句：「暫時還不會。」

「請不要開這種可怕的玩笑。」洛軒說：「說真的，我從來沒想過，我會來這種地方，對面還坐著一個女生。這四捨五入之後就算約會了吧？」

「首先，這不是。」女子大學生說道：「再來，其實我也很意外，你竟然會找我出來。」她拿起自己的咖啡——口味是熱美式，喝了一口後淡淡說道：「……洛特。」

「……小百合學姊。」洛軒小聲地跟對方打了招呼。

「最近還好吧？」小百合問道。

「妳要聽客氣版本還是內心版本？」

「客氣版本。」

「不太好。」

「嗯……那內心版本是什麼？」

「糟透了。」

「我想也是。」

小百合又拿起筆在筆記本上寫了些新內容進去。

「抱歉，現在大學是不是很忙？」洛軒看見對方的動作後，頓時感到有些不好意思。

「是挺忙的，但跟我現在做的事情無關。」小百合挑挑眉，露出一抹笑意，同時把電腦螢幕轉過去給洛軒看——此時顯示在螢幕上的，是小百合時常玩的MMORPG 遊戲畫面。

「……妳在打遊戲？」

「當然，我最近才剛結束一次小專題發表。根本就沒有時間推進度。」小百合說：「開什麼玩笑，為什麼大三就要開始做專題啊。那不是大四的事情嗎？」

「但妳最近不是有開直播嗎？」洛軒這麼問道。

不過小百合的行為讓他對於這間咖啡廳裡面原本營造出的氛圍，基本上算是全毀了。一個女子大學生，看起來很認真的在研究原文書——結果後來才發現，根本只是在上網打遊戲而已。

洛軒甚至看出來了，在幾本原文書之間夾著的，其實是薄薄的攻略筆記本。

「那不一樣。」小百合解釋：「直播是直播用帳號，我現在用的是主力攻略帳號。」

很好，這人甚至閒到可以養出兩隻帳號。洛軒內心如此吐槽。

「我才不閒。」小百合看出了洛軒臉上的眼神死：「現在最前線的玩家們可都指望我的攻略，請把這稱為是偉大的學術研究好嗎？」

「……學姊妳高興就好。」洛軒說：「所以那個筆記本……」

「喔，一本是攻略本、另外一本才是上課筆記。」小百合點點頭：「沒辦法，上課內容還是要想辦法搞懂。」

「……」

「好了，言歸正傳。」小百合似乎正好玩到某個進度，看了幾眼之後闔上筆記型電腦的螢幕：「彩璃妹妹的狀況如何？」

「……不知道，我聯絡不上。」洛軒說：「不管我發了多少訊息，她就是不回。」

「所以才跑來找我求救？」小百合似笑非笑。

「至少學姊妳可能會比較懂女生在想些什麼嘛……」洛軒有些委屈：「我真的不知道該怎麼辦……現在去她家探望她也不太合適、一直傳訊息感覺會惹人厭。」

「嗯……那倒是真的。」

「……學姊。」洛軒抬起頭來：「我到底該怎麼辦？細雨的事情也好、彩璃的事情也好……不管是誰，我都沒有辦法幫到她們。」

「……你也是辛苦了。」小百合嘆了一口氣：「我先說，你不要把細雨的事情當成是自己的責任。」

「我知道，但是……」洛軒說：「原本聽過彩璃的鼓勵之後，感覺我好很多了，但是現在彩璃有困難……我卻只能在這裡跟學姊發牢騷、什麼都做不了。好像是無限迴圈一般。」

……

洛軒不斷地說著心底的想法，而小百合只是安靜地聽著。

「……細雨說，她現在才發現自己其實沒那麼喜歡直播。」洛軒說：「我很……害怕。我很害怕……其實我跟細雨是一樣的。」

——因為害怕著現實，所以才躲進虛擬之中。

並非是喜歡著「虛擬」、只是為了逃避而存在於此。

「我以為在虛擬世界的這段時光，我已經有所成長。」洛軒說：「但這會不會只是我的一廂情願？其實我根本就沒有什麼變化？我不是洛特——我只不過是個躲在螢幕背後，連現實人際關係都搞定不好的高中生而已。」

「……但是。」小百合終於開口：「我覺得洛特你是喜歡直播的喔？」

「……」

「也許你自己並沒有自覺到。」小百合溫柔地說著：「但是只要跟你相處過一段時間，每個人都會被你的『熱情』感染喔。」

「熱情……？」

「嗯，熱情。」小百合點點頭：「對於朋友、對於直播，對於粉絲們——就是那股熱情，才讓洛特現在能夠有如此的關注。所以不要再覺得自己在虛擬世界中什麼都沒有改變了。想要被他人認可、想要被他人稱讚……但如果連你自己都不相信你自己——又怎麼可能會讓別人相信、認可呢？」

「……這不是安慰對吧？」

「當然不是。」小百合說：「這是事實——就算你不相信自己，你也永遠能夠相信你的溫柔學姊。」

和小百合的對話結束之後，已經是傍晚。

……當然，很大一部分的原因是小百合以「諮詢費」的名義，逼著洛軒一起玩了好幾個小時的遊戲、順便當小百合研究攻略時的實驗對象。

走在街道上，洛軒的手機突然響了起來。

「喂？」

「洛特嗎？」群主的聲音傳了出來：「你那邊沒問題吧？」

「還行。」洛軒說：「被小百合學姊說教了一番。」

「喔，調教是吧。」

「只差一個字，但意思可是天差地遠！」洛軒說：「拜託群主你的事情如何了？」

「不難。」群主說：「想辦法回收在網路世界上彩璃的中之人照片——你能有這麼異想天開的想法也是很不得了。這可是網路喔？訊息咻地一聲，可就滿世界跑了。」

「這麼麻煩您真的很不好意思。」洛軒說：「之後我一定會想辦法請群主吃飯的。」

「吃飯就免了，少想打歪主意看到我本人。」群主說：「放心吧——不知道是因為散布資料的人太蠢還是他懂得太少，他竟然是透過區域網路散布照片的。」

「意思是……？」

「意思是，在照片還沒能通過各區域的『閘門』前，就被我們這邊的人攔截大半；同時一些私密訊息也由我們直接銷毀。好消息是，除非對方又再次發布消息，否則現在整個網路世界並不會有任何彩璃自己的私人訊息。

「至於壞消息，就是你這幾天看到的那樣。」群主說：「雖然已經盡力阻擋了，但還是有少數照片流了出去。而且我們還是不清楚到底是誰放出的照片。」

「這樣就夠了。」洛軒說：「謝謝。」

「不客氣。」群主說：「都是群組內的人，說什麼都要幫忙的……話說你打算怎麼辦？總不能讓彩璃自己一個人去面對吧？」

「跟小百合學姊聊過之後，我打算今天去找彩璃。」洛軒說：「細雨的事情我無能為力——但至少這一次，我不能什麼都不做。」

「……嗯，我欣賞你這一點，洛特。」群主說：「既然這樣，給你看個東西。」

說完，一個影片的連結便傳了過來。

「這是……」洛軒說：「彩璃的……初配信？」

「沒錯，因為各種原因，現在已經轉私人了。」群主說：「但是我把它送給你，看看裡面的內容吧。」

洛軒趕緊打開影片。

那是只有大約十分鐘的初配信，彩璃在鏡頭前充斥著青澀跟不熟悉感。

「呃……喜歡的東西？我喜歡甜點喔！還有什麼來著……」

見到彩璃手忙腳亂的樣子，洛軒不禁想起那一次的雜談——那是自己跟彩璃相遇之後，彩璃的第一次雜談直播。而影片中的初配信，彩璃只準備了幾個簡單的問題；當最後一個問題出現時，彩璃明顯害羞起來。

「在虛擬世界中對我影響最大的人……嗎？……說得也是呢。我……一直以來都很介意大家看待我的眼光、也很在意大家對我的評價。所以，我必須做到最好、做到符合大家的期望——但是久了，我卻不知道……要怎麼做自己。

「原本我以為，我這一生大概就會這樣沒有目標、沒有希望度地過下去——直到有一天，我偶然點開了他的直播。雖然只是短短幾句話，但我卻記得十分清楚。」

『——就算今天充滿絕望、明天充滿絕望，後天也充滿絕望。哪怕是充滿絕望的每一天，但只要繼續相信自己——希望，總有一天會來敲門。如果身為觀眾的你們生活中總是充滿著不如意，那也沒有關係——因為我會永遠在這裡，想盡辦法為你們帶來一點笑容、一點希望。

『因為我是帶來希望，來自星空的黑衣使者——洛特。』

「所以，對我來說。」彩璃說道：「要是一定要挑一個影響我最深的虛擬實況主，那一定是洛特了。如果……有一天能夠跟他一起成為朋友，那一定是——再幸福不過的夢想了吧？」

……

洛軒關掉了影片，淡淡說道：「……謝謝你，群主。我知道我要做什麼了。」

「那就好。」群主說：「洛特，雖然你這傢伙一直以來的自我評價都低到不行——但是不要忘記，這個世界的人這麼多，總會有人曾被你的一舉一動受到鼓勵的。

「現在，還不趕緊去找到你的粉絲、搞定你的『粉絲服務』啊？」

洛軒掛掉電話，往許璃家的方向跑去。

終章　與虛擬的你行至世界盡頭

雖然在小百合跟群主的鼓舞之下，洛軒就一股腦地跑來了許璃家——然而，當他真的站在許璃家門口時，洛軒又開始胡思亂想了。

「等等等……這個時間點打擾人家好像也不太好吧？……還是明天？明天再來？可是如果人家睡得晚了會不會吵到她？還是傳訊息就好？傳訊息她會看嗎？」

正當洛軒還站在門口糾結的時候，大門口傳來聲響。

「……洛軒？」只見許璃從大門後探出半個身子，一臉狐疑地看著對方：「你怎麼會跑來我家？不對，你怎麼知道我家住哪？」

「……都是紹文的錯。」

「啥？」

看著對方那一臉充滿警戒的表情，洛軒從來沒有覺得自己這麼像一個跟蹤狂過。

「……算啦，你等我一下喔。我換個衣服。」說完許璃便關上門，過了沒多久，大門再度打開。許璃穿著一件簡單的T恤跟長褲、向著洛軒招招手：「趕緊進來吧，外面很熱吧？」

「喔喔喔……那我就打擾了。」

洛軒小心翼翼地跟著許璃走進屋內。

其實進門後的房間格局跟洛軒家很類似——因為都是新建的住宅，設計上也採同樣風格。一眼望去，四周的東西都收拾得十分整齊；要說多了什麼，大概就是一些擺設，以及廚房內那一大堆花樣繁多的廚具。

空氣中，傳來淡淡的、分不清究竟是什麼品牌或花草的香水味。雖然洛軒並不是變態，但還是不自覺地在意起來。

這就是……許璃家……

「要不要喝點什麼？」許璃的聲音打斷了洛軒的思緒：「紅茶跟奶茶選一個。」

「……那就紅茶，麻煩妳了。」

「嗯，你先坐一下，我馬上好。」許璃說：「你要的看話電視隨便轉——我沒有在看。」

洛軒此時才注意到，電視此時是打開著的，而且不知為何，音量大小似乎比平常還要大很多。

此時正在播的是新聞，洛軒看了幾眼之後便失去興趣，轉而拿起手機關注社群的狀況。彩璃的主頁還是有一些黑粉留言，但已經少了很多；看來這幾天，許璃乾脆不更新任何動態是個正確決定。

這幾天洛軒等人也清掉了不少黑粉，只不過最後要面對這一切的，還是只有許璃而已。

「來，紅茶。」許璃端著個盤子走過來：「還有這是我昨天做的馬卡龍，你吃吃看？」

「謝謝……話說你心情還不錯嘛？」

洛軒剛說完就直接往自己臉上賞了一巴掌。

這個舉動嚇了許璃一跳，後者哭笑不得地說著：「你幹麼啦——不至於打自己吧？」

「說錯話就是要挨打。」洛軒一臉正經地回答。

「也太誇張。」許璃看了看對方的臉：「都腫起來了……我說你自己打自己就算了，至少得分個輕重吧？」

「……所以我現在有點後悔。」

許璃看見洛軒的樣子，不禁笑了出來。

「哭給妳看喔。」洛軒無奈地說道。

「哈哈哈哈……好啦好啦，我去拿點冰塊。」

許璃又走進廚房、過了幾秒鐘之後拿個一個小冰袋遞給洛軒。

「謝謝。話說妳是一個人住？」

「是啊。」許璃說：「不然你以為我故意把電視開那麼大聲幹麼——至少得營造出家裡還有其他人在的樣子。」

「……」

洛軒看了許璃一眼，後者此時臉上沒有什麼特別的表情。只是靜靜地望著電視發呆。

「難得只有我們兩個人。」過了一會，許璃才說道：「我們要不要一起……」

洛軒突然緊張起來。

「……玩點遊戲呢？」

洛軒鬆了一口氣，同時點點頭。

許璃便起身打開了遊戲機、同時塞給洛軒一個搖桿。

「我一直想要試試看雙人合作模式呢——只不過沒找到機會就是了。我現實周遭的朋友都不玩這些。」

「要說的話，我也是吧……」洛軒說：「不過紹文有時候會陪我玩就是了。」

在那之後，客廳只剩下遊戲的音效、有時夾雜著兩人之間的聊天與拌嘴。

「等一下，你不要把磚塊往我這邊推啦！」

「我就剛好走到旁邊了有什麼辦法嘛……喂！妳剛才把我的星星吃掉了對吧！」

「這是報復，你這笨蛋、笨蛋！」

……

遊戲持續了一段時間之後，許璃放下了搖桿：「我不行了，再這樣下去我們兩個連朋友都當不成了。還雙人合作模式呢。友情破壞者吧這個……」

洛軒同樣說道：「抱歉……我玩遊戲其實挺爛的。」

「不會啦。」許璃安慰道：「只是我玩得比較多而已。」

在那之後，兩人又陷入了短暫的沉默。

看著許璃，洛軒開始思考要不要跟對方多聊一些。

要怎麼開頭呢……

洛軒想了想，最後趁著對方拿起飲料喝的時候開口道：「妳的初配信，我看過了。」

「噗咳咳咳——」

許璃頓時就嗆到了。

「……有這麼誇張嗎？」

「咳咳咳……為什麼？」然而許璃十分在意：「為什麼你會看得到!?我明明已經改私人了啊！」

「群主的壞習慣。」洛軒正色說道：「他會把所有群組裡面的實況主的每一個直播檔全部保存下來，以免『產生無謂的資產損失』。」

「我第一次覺得群主這麼可怕……」

「……」

「所以，那就是說……」許璃的臉上慢慢地染上一陣紅暈：「你都知道了？」

「……嗯。」洛軒有些尷尬地別過頭去：「……對不起。」

「為什麼你總是在跟我道歉啊。」許璃說：「沒錯——我最仰慕的虛擬實況主，就是洛特……也就是你，洛軒。」

沒有試圖躲閃，許璃很乾脆地承認了。

「其實也不是什麼很大的祕密啦。」許璃說：「我在國中的時候就是個只會讀書的書呆子，好像不管做什麼都只是為了迎合大家看待我的眼光。我很喜歡動畫、很喜歡遊戲——但是在我就讀的國中，大家好像都只知道讀書的事情。

「久而久之，我也不敢跟大家說我的興趣；結果大家好像就認為我是那種超級資優生了。本來我也想說大概就這樣了吧……但是就在我要升高中前，正好看到了你的直播。」

「那可是超級早期的直播欸。」洛軒有些不好意思：「當時中二魂還沒全消乾淨的年代。」

「也沒什麼不好的啊。」許璃笑道：「總之，在那之後我就下定決心，想要成為虛擬實況主了。至於高中，我也選了個離家有些距離的，因為我希望能在這裡重新建立新的形象——只不過現在看起來還挺失敗的。」

「從只會讀書的書呆子資優生變成人見人愛的校花，這是哪門子失敗？」洛軒說：「我們兩個對於失敗的定義也差太多了吧。」

「我不是指那個啦。」許璃說：「我是說，像洛軒你們這樣……能夠自然地表現出自己喜歡二次元的樣子。」

「不，我表現得一點都不自然好嗎？」洛軒說：「我現在開始懷疑妳平常是怎麼看待我的了。」

「哈哈哈。」許璃笑了：「也許像你說得一樣吧——來到這裡之後其實我很開心；跟班上的同學也相處得很好。但讓我最驚喜、感到最幸運的是，我竟然遇見了你。

「洛特——那個讓我下定決心要成為虛擬實況主的人，竟然就是我的同班同學。其實，我那天第一次在聚會上見到你的時候。嚇到是有啦……但更多的果然還是開心呢。」

「原來不是失望嗎？」洛軒笑道：「我還以為會有種夢想幻滅的感覺。」

「怎麼會呢。」許璃說：「真正跟你相處之後，我才知道——洛軒你跟洛特真的是一模一樣呢。」一邊說著，許璃一邊撥了撥耳畔的頭髮。「能跟你一起在虛擬世界努力、在現實中成為無話不談的朋友……」

許璃說：「明明只是半年不到的時間，但是這段時間比我想的還要充實。只是……也許要繼續下去會很困難呢。」

「……」

「班導跟家裡聯絡過了。」許璃說：「雖然現在只是照片流出而已……但是不知道會不會有一天，連名字跟地址都被流出去，最糟的狀況……也許得停止活動也說不定。」

「伯父伯母那邊……是什麼樣的想法？」洛軒問。

「還好。」許璃說：「雖然疑似被跟蹤讓他們有點擔心，但我很堅持，好在他們也很支持我。只是事關我跟家人的安全，也不可能這麼簡單，當作什麼也沒發生地繼續下去。」

「……」兩人陷入沉默。

「校慶……可能也去不成了呢。」許璃說：「對不起啊，我本來想要趁著校慶的時候找個機會跟你一起逛的。」

「沒關係啦……」洛軒說：「以後還有機會，對吧？」

「嗯……」許璃悶悶地應道：「抱歉……雖然是個很突然的請求——肩膀，借我一下。」

洛軒還來不及回應，肩頭已經傳來一股重量。

「……如果，找不出是誰的話。」許璃將額頭靠著身旁的洛軒說道：「我……可能要轉學。」

洛軒微微張大雙眼。

「……怎麼辦？」

「……」

「不能因為我自己的緣故，讓周圍的人受到傷害……」許璃輕聲地說著：「我知道的，可以的話我也不願意這樣啊。但是……」

一直以來好像總是充滿著活力、總是笑著面對一切的許璃在此刻終於再也忍不住，眼淚開始止不住地流了下來。

「我……我不想離開大家……我不想要放棄，繼續當個虛擬實況主！我不想要……離開你身邊。可是……我到底要怎麼辦才好？洛軒……我該怎麼辦？」

洛軒猶豫了許久，最後伸手輕輕摸了摸對方的頭。

「抱歉呢。」洛軒說：「我應該更早一點來找妳的——這幾天妳都只能一個人，一定很難受吧。」

「是我自己不好啦。」許璃伸手抹了抹臉：「其實我有看到你傳的訊息……只是不知道要怎麼回你。我不想說謊說我沒事，可是我又怕你太擔心……」

「……只有在虛擬世界，我才能夠盡情地做我自己。」洛軒輕聲說道：「在虛擬世界，無論是再怎麼異想天開的想法或是話語，頂多就是被觀眾回一句『草』而已。」

「只有在虛擬世界才做得到、只有虛擬世界的我才是真實的我……」洛軒喃喃：「然而有些時候，我依然會問自己：在虛擬世界的那個我，真的是我自己嗎？還是這一切……也只不過是一場再精心不過的角色扮演而已？

「最後，我就漸漸覺得……在虛擬世界的那個我……我是無法成為那樣的人的。」

「但是……」洛軒看向許璃：「當妳那一天告訴我，只有相信自己，才有可能讓別人相信你的時候——在我的眼中，一心一意追尋著那個目標的妳，比任何人都還要耀眼。」

我大概一輩子都無法成為那樣吧。

「是妳告訴了我。」

——是因為有洛軒，所以才有如此活躍、為粉絲們帶來歡笑的洛特喔。

兩人四目相對。

「也許未來的我還是會繼續時不時地自我懷疑，誰叫我就是這麼麻煩的個性呢。」洛軒輕聲說道：「但是……如果妳覺得很痛苦、很難受的時候，我會一直待在妳身邊的。」

「為什麼？」許璃同樣輕聲問道。

「那還用說嗎？」洛軒笑著說道：「因為妳是我的粉絲，所以我得盡力成為洛特、為粉絲帶來笑容嘛。」

「……你知道嗎？」過了一會，許璃才一手撐著臉頰說道：「如果這算是告白的話，此時此刻你已經完全出局了喔。」

「咦？」

「不過呢……」許璃笑著說：「做為一個虛擬實況主——這大概就是傳說中的完

美答案吧？」

「……那也不錯啊。」洛軒說道：「許璃。」

「嗯？」

「雖然有些突然……」洛軒說道：「……但如果可以的話，妳願不願意跟我……一起逛校慶呢？」

許璃挑眉，似乎是有些訝異、卻又好像是早就等待著這一刻一般。

最後，少女露出了讓洛軒熟悉的笑容。

「——當然沒問題。」

距離校慶只剩下不到一週。

班上此時的氣氛，跟全校期待與快樂的氣氛呈現了極大的反差。

「……有人聯絡到許璃了嗎？」一名男同學問道。

「我昨天有收到她的訊息喔。」平常跟許璃關係不錯的一名女同學舉手：「她說她沒事。」

「沒事的話還會不來學校嗎，你們女生也太好哄了吧。」

「你什麼意思啊？」女同學瞇起眼：「幹麼？現在是覺得許璃在無理取鬧嗎？」

紹文沉默不語，只是開始把玩著原子筆，不斷的按壓讓其發出喀噠喀噠的聲響。

「我沒有這樣說喔。」對方同樣不給任何好臉色看：「只是啊……說白了，也不過就是那什麼……虛擬世界的身分被拆穿了不是嗎？既然這樣，換個角色不就好了。這樣子讓全班心情不上不下的，校慶的進度也全部都停擺了。校慶只剩下五天而已了喔！」

「準備工作確實很重要——」活動股長開口：「但是……比起進度，全班一起達成的感覺不是更加重要嗎？」

「所以現在就是全班在等一個人啊。」男同學揉了揉頭髮，有些不耐煩：「我就老實說吧——我覺得許璃的事情根本就不是什麼大事，只不過是她反應過度而已。」

「那是因為你們根本就不懂許璃在做的事情吧？」

「笑死，那你們就很懂是嗎？」

此時大家都情緒都不算太好，男同學更是直截了當地說道：「說起來，那個虛擬實況主……不就是宅宅們很喜歡看的那種東西嘛？我沒記錯的話，妳們這群女生，不是都很討厭這種東西的嗎？」

「我們怎麼想的，跟現在的狀況沒有關係吧？」

「怎麼沒有關係，妳們這不就是雙標嘛。」

「就是說啊，妳們女生不是都說我們宅宅成天只會看二次元紙片人嗎！」另外一名男同學開口說道：「結果許璃不只喜歡，她還親自跑去當虛擬實況主欸……說真的，我還真沒看過現實中同學在當虛擬實況主的。

「妳們不是都對我們的興趣很嗤之以鼻嗎？怎麼現在一句話都不敢說了啊？」

「你們這些人能不能閉嘴？」一名女生說道：「不要把狀況搞得更複雜好嗎？我們哪有討厭、只是因為你們平常太煩而已。每天下課都在那邊聊動畫角色的身材怎樣怎樣，整天盯著虛擬人物做出各種奇怪的發言，本來就很討人厭好嗎？」

「你看，又開始罵人了——」、「這哪裡奇怪了？你們管我們下課要聊些什麼，就是瞧不起我們嘛。」、「其實你們根本也瞧不起許璃吧？聽到她跑去當虛擬實況主，妳們搞不好還很高興勒。」

教室內開始出現了各式各樣的爭吵、所有人都在互相針對彼此。

一件件日常中的小事，全部都在此刻被放大了數倍、而後借題發揮。不滿的情緒毫不停歇地發酵著、挑動著所有人的神經——直到紹文終於開口。

「你們吵完沒？全部給我閉嘴。」

爭論頓時安靜下來。

「……所以說，我們這群人真該感謝許璃。」紹文說：「不然咱們這班大概早就散了。別的我不說，光就許璃平常是怎麼對我們大家的，就已經夠我繼續等待她回來了。」

「我們也想等啊。」一名同學說道：「可是……許璃沒有回來的話，班上很多事情都沒辦法處理……」

「你們這群人是沒了許璃，就啥都做不成是不是。」紹文說：「你們可別搞錯了，假如許璃真的能在校慶的時候回來，你們覺得她會想看到我們班維持這種蠢樣子嗎？」

「……」同學們陷入沉默。

「大家一起合作，把我們班的攤位布置好。」紹文說：「這樣子才能讓許璃回來的時候，能夠開心地一起過校慶嘛！」

「就算你這樣說……可是還是很奇怪啊。」一名同學說道：「為什麼非得是那個……虛擬的身分不可啊？如果被發現了，就換一個帳號不就好了嗎？這樣子也很好解決吧？」

「——不是那樣的。」洛軒選擇在此時站了起來：「沒有這麼簡單。」

「啊？」

所有人同時看向洛軒。

被那麼多人盯著，洛軒有些不自在。然而最後，他依然慢慢地開口：「……並不是任何身分都可以的。也許……在大家的想法中，覺得許璃是許璃、彩璃是彩璃。

「但不是這樣的，在虛擬世界活躍的人們……他們的虛擬身分，是獨特且唯一的；就跟我們班一樣——如果少了許璃，那麼以前大家一起努力、一起完成的種種……也都會變得不一樣的。」

幾名同學面面相覷、有些人低下頭來像是在思索些什麼。紹文輕輕地放下了原本拿在手上的原子筆，坐在他隔壁，平常跟許璃關係極為親密的女同學，則看著手機桌布，上頭有著跟許璃還有其他朋友的合照。

「也許背後的人能夠更換虛擬角色。但是在那一瞬間，原本的虛擬身分就等於是『死了』……這不是遊戲能夠繼承進度，也不可能再用原本的稱呼、原本的角色設定。

「所以——與更換多少次身分無關，原本屬於彩璃的目標，只有彩璃才能完成。換成任何其他身分，意義都不相同。現在的許璃，就是為了不放棄自己在虛擬世界的一切，就算擔心自己害周遭的人被牽連，依然努力地苦苦撐著。」

聽著洛軒說的話，勾起了其他人的種種回憶。

有些人想起剛開學時，率先跟周遭快速打好關係、帶動氣氛的熱情少女；有些人想起在校外教學時，親切地為自己遞上礦泉水的許璃。

在日復一日、習以為常的生活當中，許璃的身影卻占據了整個班級。無論是在同學們的回憶中，許璃早已是不可或缺、獨一無二的一分子。

「對於這樣的許璃……我不想要這麼簡單就置身事外。」洛軒深呼吸了幾秒、又吞了一口口水。「……我就說一件事。也許你們覺得我說的事情很微不足道……但是我希望各位同學能夠想想看。

「許璃她……不管什麼時候都是笑著的。無論跟誰聊天都是認真地聽著、無論是什麼樣的話題都努力地了解跟分享，無論是我們中的任何一個人傷心難過、陷入低潮，需要幫忙的時候……許璃她總是會第一個伸出援手。

「也是她教會了我，無論是誰，都有機會去幫助、去拯救他人；哪怕只是簡單的一句話——也可能成為他人的力量。」

「現在，輪到許璃遇到困難了。所以……所以！」洛軒說：「這次，該輪到我們大家去幫助許璃了。」

「總會有一些人，他們好像天生就很耀眼奪目；像我們這樣的人，總是會受到他們的鼓舞。但是，當那些人陷入苦難的時候……哪怕只是一個小小的聲音。只要有人告訴他們——你們做的事情一定有幫上忙，你們所做的一切，哪怕只是微不足道的小事，也絕對不是沒有意義的。」

洛軒的拳頭因為緊張而握起，聲音有些顫抖、時不時還會小破音——但此時此刻，洛軒只想將要盡自己全力，哪怕被他人再度白眼、被他人嗤之以鼻，也要把自己的想法說出來。

「只要這樣就好——只需要這麼簡單的一句話，就能夠讓他們再度振作起來。」

洛軒全身都在發抖。這是他從高中以來第一次在這麼多人的面前、這麼多人的注視當中說了這麼長的話。

不僅如此，他還說出了自己的計畫——一個簡單的、用來歡迎許璃回來的小計畫。

在洛軒說完之後，教室又一次陷入了沉默。

……該不會搞砸了吧？

洛軒感覺自己冷汗直流、幾乎要讓他的背部溼透一般。

過了好一下子——

「噗、噗哈！」那名一開始說話的男同學終於憋不住，笑了出來：「噗哈哈哈哈哈！！」

聽見笑聲之後，全班的人也開始紛紛笑出聲；洛軒則一臉不知所措。更可惡的是，洛軒看見身旁的紹文也笑了、笑得還特別沒心沒肺。一邊捶著桌子一邊狂笑。

「……有這麼好笑嗎？」

「哈哈哈哈——」那名男同學揮了揮手：「不、不好意思……哈哈哈哈，真的太離譜了，我很久沒有聽過這麼冗長的告白了。」

「這、這才不是告白！」

「是是，你說了算。」那名男同學說道：「……不過我懂你的意思，吳洛軒。我們也是這樣想的——不過沒像你這麼悶騷就是了。」

「還有，你想的計畫也太……」一名女同學有些不好意思：「太……復古了吧？」

「對，有夠復古。」另外一名同學點頭附和：「吳洛軒，看不出來你還是走舊式風格的啊？」

「啥？」

「但是我很喜歡。」那名男同學說道：「大家怎麼看？反正你們也想不出更好的方法了，對吧？」

「就羞恥程度來說，你這個已經突破天際了。」紹文說道：「但是做為你的好朋友，我挺你。」

「心意最重要嘛。」一名女同學說：「就這一點來說，我覺得洛軒同學的想法很棒喔。」

「我們也沒什麼意見。」一名戴著眼鏡的男同學說：「許璃同學平常對我們很好，如果能夠讓她打起精神的話，我們都願意配合。」

「那麼看起來。」紹文拍了拍手說道：「大家都知道自己要幹麼了對吧？」

「那還在這邊磨蹭些什麼？動工囉！」

「欸？」直到現在，洛軒才終於回過神：「那——大家同意了？」

「你是不是恐龍轉生啊？反射神經也太慢了吧？」紹文用力地拍了一下洛軒的背、隨後對著他比出大拇指：「我早就說過了吧？你明明能夠做到的，為什麼不試著去做做看？」

紹文比了比周遭的同學們：「為自己感到驕傲吧，洛軒——大家的心，因為你的言語，又重新緊密結合在一起了。」

「別發呆了，洛軒！」一名女同學同樣拍了拍洛軒的肩膀：「時間不等人的喔！」

看著周遭的人開始分工合作，洛軒此時此刻還覺得很不可思議。

原來是這樣嗎……原來我……還是能夠這樣子跟大家一起、而不是被排斥在外嗎？

洛軒看著大家，眼眶不知不覺有些溫熱。

「不准哭。」紹文說：「現在還不是時候——要哭就給我等到校慶當天、在許璃面前哭出來。」

洛軒笑了。

他伸出手抹了抹臉，大聲說道：「大家——一起創造最棒的校慶吧！」

——於是，時間來到週六，上午八點。

少女一如往常在這個時間點起床，梳洗過後換好衣服、走進廚房做著早餐。

電視新聞顯示今天會是一個萬里無雲的好天氣。

太好了呢。如果校慶當天下雨的話，就沒辦法好好地逛了呢。

聽著鍋內傳來的滋滋聲，細心、準確地在適當的時間料理著。

室內不一會便瀰漫著香氣。

今天的早餐是簡單的歐姆蛋加上吐司、火腿、柳橙汁。許璃熟練地將幾個盤子輕輕放在餐桌上，隨後坐下來靜靜地吃著早餐。

……接近兩週沒有發任何的動態、開任何的直播。

除了身邊的朋友跟群組內幾個熟人的訊息之外、其餘一概不回覆——對於許璃來說，這是半年來最為悠閒的時間。

然而……有些寂寞。

不知不覺，許璃已經習慣了成為虛擬實況主的這段日子；習慣了跟同樣身為虛擬實況主的夥伴們一同聊天的日常——雖然她也很喜歡跟現實朋友聊天，但跟擁有相同興趣的人，聊起天來當然更加愉快。

習慣了有那麼一段時間可以盡情地成為自己、習慣了睡覺前還是得偷偷滑幾下動態才能入眠。習慣了各式各樣的稱讚、粉絲的笑容；習慣了時不時跑出來擾亂聊天室的黑粉、那些令人厭惡的評論。

習慣了，某個看起來很害羞、眼神之中卻清澈無比的人陪伴在身旁的日子。

從許璃第一天看見洛軒開始，她就有這樣的預感。

也許有些人在螢幕前跟在現實中是截然不同的兩個人，但許璃知道洛軒不是。

——這個人，一定很喜歡直播吧。

他一直都是如此，從來沒有變過。

即使知道了洛軒的過往、親耳聽見他說「自己根本就沒有辦法成為洛特」……

即便需要他人的鼓勵才能打起精神、時不時還會陷入負面情緒的漩渦——這些都未曾影響許璃眼中對洛特、或者說洛軒的看法。

在自己最迷惘的時候給予了自己一絲絲希望，那肯定就是英雄一樣的存在了吧？

而這位英雄，即使最為難堪的一面就展示在自己眼前，許璃也不覺得形象有任何崩壞。畢竟，誰規定英雄必須永遠都保持著笑容呢？

就算什麼做不了也沒有關係……但是，連那個洛軒——那個在班上只要說幾句話就會開始不好意思、走在路上都要盡力避開同學的洛軒，竟然會親自跑來家裡找自己。

那麼，自己就必須拿出相對應的行為，來回應對方的這份「勇氣」。

最後簡單地整理一下外表之後，許璃走出屋子。

雖然是假日，但因為校慶的關係，學校周圍今天也十分熱鬧。許多小吃攤販沒有辦法進入學校，他們便在沿路邊擺著攤。一路走過去，到處都飄著各式各樣的香氣。

避開人群，許璃走進了學校內。

班級的位置在四樓——許璃輕輕吐了口氣，慢慢地往教室的方向走去。

不知道班上的大家現在怎麼樣了？

假如大家見到自己，會說些什麼呢？會不會覺得自己太小題大作了？

懷抱著忐忑不安的心情，許璃走到了教室旁。

靠走道的窗戶此時已經被拆下，留出來的空間則充當櫃檯，幾張桌子並排擺在窗邊、桌面上則是一片混亂。

只見一名男同學，正在用鏟子從一個大盒子裡鏟出一小塊軟爛的麵糰，隨後用足以讓某有名外國廚師抓狂的方式扔到平底鍋上；一旁用塑膠桶裝起來的冰淇淋正打開著，一根不鏽鋼湯匙就這樣丟在裡面。

明明有三個爐子，然而準備區散發出來的感覺，彷彿像是剛被空襲一般。

「一份原味鬆餅——欸快一點啦，剛才的兩份冰淇淋鬆餅到底好了沒？」

「什麼？不是已經被拿走了嗎？」

「哪個白痴拿走的！人家現在就站在我對面等著！」

「剛剛我們班的某個傢伙說他女朋友來了，就把那兩盤端走了！」

「我祝那個死現充被人家戴綠帽子啦媽的——快一點快一點！那邊那個誰幫我舀冰淇淋！」

「剛剛有客人反應他們兩份鬆餅的分量不一樣！」

「廢話！因為你們連量都不量！都以為自己是什麼大廚嗎！」

「六號客人的餐點還沒有做好嗎？」

「還沒！而且為什麼第二個爐子那邊沒有人顧！」

「他去廁所！」

「那你們幾個是不會來幫忙顧一下啊！走過來站個幾分鐘會死喔！」

「欸話說這裡有沒有辣椒？」

「為什麼會需要辣椒!?我們不是賣甜點的嗎！」

「喔，紹文說他想吃吃看辣的。」

「我們連客人的份都快做不完了，他吃什麼吃啊！」

此起彼落的呼喊著，還有大量的叫罵聲——許璃就這麼看著教室裡面的同學們個個如臨大敵、亂成一團。

一個令人感到熟悉的聲音傳來。

「救命！我鬆餅翻不過來！誰來幫幫忙！」

「吳洛軒你是不是這輩子根本沒用過鏟子啊！」一名女同學一把搶過某人手中的廚具：「受不了你欸，去結帳啦！剛才有個笨蛋連續算錯好幾次錢……」

「對不起、對不起……」洛軒拿起一旁的毛巾擦了擦手，趕緊換到櫃檯的位置：「不好意思讓您久等了，請問您需要些什麼？……」

看著洛軒那笨拙的樣子，許璃不禁笑出聲來。

「……許璃？」此時洛軒也才注意到對方，開口說道：「妳來了？」

「……你們到底都在幹麼啦。」許璃哭笑不得。

班上的人紛紛停下了動作，隨後全部衝了過來、將許璃團團圍住。

「許璃啊啊啊啊！」跟許璃關係最好、方才搶走洛軒鏟子的女同學開始大哭：「我真的受不了了啦——到底要怎麼樣才可以連鬆餅都搞砸啦！」

剛才指揮眾人的這位倒楣鬼在看見許璃之後情緒終於得以釋放出來。

「就只是把麵團挖出來、放進鍋子、熟了之後翻面——就這麼簡單的事情也做不好！我從營業開始就待在這裡，根本走不開啊！」那名女同學哭訴道：「大家都是笨蛋！許璃也是笨蛋！所有人都是笨蛋嗚嗚嗚嗚——」

「怎麼回事？」許璃摸了摸對方的頭、轉頭看向洛軒。

「……就如妳所見。」洛軒有些尷尬：「我們大概沒有這方面的才能吧。」

「真是的……」許璃失笑：「好啦好啦，大家都重新整理一下喔。」

說著，許璃便捲起袖子、拿起一旁的圍裙繫上。

「女生幫我顧火爐、男生幫我接待客人跟端餐點。」許璃嫻熟地開始分工：「去把丈量器找來，我記得之前採購的時候有買——真虧你們想得出用鏟子挖麵團這種方法。

「飲料的部分，幫我確認一下目前的存量；如果不夠的話就立刻去補充——男生去把飲料桶提過來、放在那一邊才不會擋到動線。剩下的人各自決定好等等的輪班順序跟時間！沒事想要多動動的人就去幫忙發傳單！」

……

很快地，大家各自都分完了自己的工作。許璃則紮起自己的長髮，站在鍋子前面開始製作餐點。原本混亂的教室內突然變得無比整齊有序。

洛軒倒了一杯飲料遞給對方。

「很渴吧？辛苦妳了，剛回來就得幫忙……」

「我也是班上的一分子嘛。」許璃說：「你幫我拿著飲料喔。」

隨後，許璃從一旁抓來一根吸管，插進杯子裡面吸了幾口。

「……抱歉。」洛軒說：「本來是想要等妳回來給你個驚喜的。」

「就意外性而言，的確挺驚喜的。」許璃熟練地將鍋中的鬆餅翻面：「不過我聽說了喔——是你幫忙把大家一起集合起來的對吧？」

「其實我到現在也不太清楚具體發生了什麼……」

「但這不是挺好的嗎？」許璃說：「就跟『洛特』一樣呢。」

「……嗯。」洛軒說：「謝謝妳，讓我知道我也能夠改變。」

「我什麼都沒做啊。」許璃笑著說道：「那是因為洛軒你願意相信自己能改變……所以才能夠改變的喔。」

「……是嗎？」

「嗯，一定是這樣的。」

在許璃的回歸之下，總算是讓狀況回復正常——直到下午，眾人才有時間喘息。

「辛苦大家了！」許璃站在講臺前拿著飲料，有些不好意思地跟大家說道：「……抱歉呢，之前因為我自己的事情，結果一段時間都沒能幫上忙，還讓大家操心了。」

「沒有那種事喔！」一名同學說道：「歡迎回來，許璃！」

「——歡迎回來！」

「謝謝大家！」許璃笑著說：「今天的校慶，我真的覺得很高興喔！」

「那妳可能還要再更高興點了呢。」紹文推了一把洛軒：「喂，你的東西呢？你別跟我說我們所有人準備了半天，結果你給我忘在家裡喔。」

「我沒這麼蠢好嗎？」洛軒翻了個白眼，隨後從自己的座位抽屜裡面拿出一個東西、遞給許璃。

「這是……」

「算是……大家的一點心意吧。」洛軒摸了摸自己的腦袋：「我也不曉得要準備些什麼好，最後就只想到這個……不過大家覺得有點太老氣就是了。」

那是一個大瓦楞塑膠板，上面貼滿了同學寫的小卡片。

「我……只是想讓妳知道。」洛軒有些不好意思地說道：「不管發生什麼事情……我們都在妳身邊陪伴著妳。」

許璃有些愣住，隨後笑了出來。

那是一抹終於放下心來、發自內心的微笑。

「謝謝大家……謝謝你，洛軒。」許璃說：「我很高興——真的、真的很高興。」

洛軒看著許璃，也笑了出來。

就在這個時候，紹文開始起鬨。

「在一起、在一起……」

「什──」洛軒立即漲紅了臉：「別亂說話！」

然而班上的其他人也紛紛開始喊著：「在一起、在一起──」

「你們為什麼全部都跟著紹文一起鬧啦！」

許璃聽見之後倒沒有害羞、反而笑了出來。

「妳也是，別笑啊。」洛軒欲哭無淚：「怎麼搞得好像只剩我很難為情啊！真是的！」洛軒一把拉起許璃的手：「先離開這裡──我還有東西要給妳！」

「幹什麼？要交換定情禮物嗎！」紹文喊道：「記得回來讓我看看是什麼東西啊！」

「馬紹文你去死一死啦！」

看著兩人風風火火地離開教室，紹文認可似地點點頭：「青春……這就是青春啊，洛軒。」

然而在說完之後，紹文忽然皺起眉頭。

「怎麼了？」許璃的好閨密看向紹文的臉色，如此問道。

「一、二、三，四……」

紹文瞇起眼睛，開始點起班上的人頭數。

「有哪裡不對嗎？」

紹文點過一遍、又重新點了一遍；最後他大喊：「所有人都先別動！」

班上的所有人全部停下了手邊的動作，一臉疑惑地看著紹文。

又來回算了兩次，紹文終於確定自己沒有算錯。

「……咦。」於是他開口：「奇怪了……班上為什麼總人數少了一個？」

「……總之躲到這裡應該就沒問題了吧？」

洛軒一邊喘著氣，一邊看向四周。

一不小心，就把許璃一起拉到教學大樓的屋頂了。

雖然這裡平常是不准上來的……但校慶的時候教官應該沒有餘力留心吧？

「你也太緊張了吧。」許璃站在洛軒旁邊笑著說道。

兩人走得急忙，許璃手上甚至還拿著那個大瓦楞紙。

「要是繼續待在那裡，天知道那群人還會說出什麼話來。」洛軒翻了個白眼：「我現在才發現，原來我們班的人也是那種唯恐天下不亂的類型。」

雖然今天天氣很好，但風時不時地吹過、時間也偏近下午，使得頂樓沒有想像中這麼炎熱。夕陽懶懶地照著一半的校園中堂，耳邊傳來人群的吵雜聲與響徹整個校園的廣播聲。

「……太好了呢。」許璃看著洛軒，突然開口說道：「雖然遲了些，但你終於也跟班上的人打成一片了。」

「是啊。」洛軒有些不好意思地摸了摸頭：「總感覺……是託了妳的福呢。」

「哈哈哈，這種說法也太奇怪了吧。」

「說得也是，感覺很希望妳常常出意外似地……」

洛軒說著，視線跟許璃對上。

過了幾秒鐘，洛軒才咳了咳轉移話題：「話說回來——這個也要一起給妳。」

他打開手機，傳了個檔案給許璃。

許璃好奇地打開，發現是一個虛擬卡片、上面同樣寫滿了各種祝福。

「只有班上的人寫，總覺得有些不太夠。」洛軒說：「所以我偷偷拜託了小百合學姊他們……只不過就創意性來說，就沒這麼有特色了。」

「你們是什麼時候收集的？」許璃有些驚訝：「明明大家還是能聯絡到我嘛，不用這麼費心的。」

「收集沒有花太多時間啦。」洛軒說：「而且妮妮很擅長設計這種東西，一下就用好了。」

「總覺得今天……」許璃說：「一直都在跟別人道謝。」

兩個人就這樣子靠在圍牆邊，看著校園充滿人潮的走道。

「結果……也沒什麼時間逛校慶了。」許璃微微偏了下頭，看向洛軒：「不會難過吧？」

「我要難過什麼啊。」洛軒笑著說道：「妳能回來學校比什麼都還重要，校慶之類的，以後還有很多機……」

說到一半，洛軒微微停頓了下。微風吹過，稍微帶起許璃的幾縷髮絲；後者靜靜地看著自己，臉上依然帶著那抹熟悉的微笑。

「……很多機會。」洛軒輕輕地說道：「明年……不——今年冬天的時候，一起去聖誕市集怎麼樣？」

「……嗯，說定了喔。」隨後，許璃轉過身面對著洛軒。

「既然這樣……」許璃有些難為情地開口：「從今以後，不只是『洛特』……也請你以洛軒的身分，陪在我身邊好嗎？」

「……嗯，當然。」

洛軒同樣面對著對方。

許璃猶豫了一下，接著輕輕閉上眼、慢慢地往洛軒的方向靠近。

欸？這個狀況……

洛軒突然就慌了。

可以嗎？就是現在了嗎！

怎麼辦怎麼辦，自己根本不知道要怎麼辦才好……

洛軒手忙腳亂、腦袋的思緒也十分混亂。

然而許璃似乎打定主意，直接保持那個姿勢不動了。

這個……只能上了吧？

吞了一口口水，洛軒只恨自己身上沒有帶個口香糖——但就在此時，第三人的聲音出現在此地。

「——你們該不會以為這就是完美結局了吧？」

洛軒跟許璃兩人同時轉頭看向聲音來源。

站在頂樓門口、略顯粗暴地把大門關上的人影說道：「真是意外啊。我本來以為許璃同學是虛擬實況主已經夠勁爆了，沒想到……連你也是啊，吳洛軒。」一手拿著手機，方永仁這麼說道：「洛特……跟你的名字還挺像的嘛。」

「方永仁……」洛軒瞇起眼：「就是你嗎！讓彩璃的中之人曝光的人！」

「廢話，不然你以為會是誰？」永仁操作了一下手機：「我先說，你們兩個可不要輕舉妄動喔——我現在可還是在直播中喔。」

洛軒一驚，同時發現自己的手機早已傳來了一大堆通知，像是一夕之間潰堤的水壩一樣一發不可收拾。

「上趨勢了……」洛軒喃喃。

此時，社群上面名為「洛軒＝洛特？？」的關鍵字已經塞爆相關動態。

「你這樣是犯罪吧！」許璃罕見地動怒，說道：「你到底想要幹麼？這樣子揭露他人的隱私，難道很好玩嗎！」

「好玩啊，當然好玩了。」永仁冷笑：「妳知道嗎？我最討厭像你們這樣的虛擬實況主了。明明只不過是一群不敢露臉的人，試圖用一個二次元形象，就以為自己多厲害似的！」

「就只是因為這樣？」洛軒喊道：「因為這種微不足道的理由……就可以隨便破壞他人的努力嗎！」

「我才不管這麼多！」永仁說道：「我只不過是讓那些為了虛擬實況主而瘋狂的人們清醒過來而已！大家看啊！你們成天說著好可愛、好帥氣，為了他們而成天丟SC的人們——

「洛特，號稱為觀眾帶來希望、說著那些心靈雞湯似的鬼話——現實之中不過是個連跟同學互動都不敢的膽小鬼而已！彩璃，說著多麼喜歡動畫、喜歡遊戲，卻在現實把這一切藏得一乾二淨、深怕他人知道自己的興趣。

「你們兩個人都不過是披上一張虛偽的面具、試圖欺騙你們粉絲的人而已！」

「你這個人根本不可理喻！」許璃說：「夠了！你以為這樣做還能夠全身而退嗎！」

「我根本就不在乎。」永仁說：「只要把你們兩個人的身分流出去，之後我怎麼樣都無所謂！為了伸張『正義』，這點犧牲根本就只是小菜一碟！」

「這是哪門子鬼正義啊。」許璃說：「不行了……這個傢伙只是想毀掉我們而已。其他的他根本就不在乎……該怎麼辦？」

「找人幫忙。」洛軒直接撥通了電話：「群主，群主你在嗎？」

『你們兩個到底在幹麼？』電話很快就被接通，另一端傳來群主的聲音——而且是被加密過後的聲音，導致根本聽不出是男是女。

「抱歉，緊急狀況。」洛軒說：「直播停止之後多快能夠刪掉檔案？」

『你想要多快？』

「越快越好。」洛軒說：「十秒之內行不行？」

『你現在是在懷疑我的速度？最速傳說可不是開玩笑的。』

得到答案之後，洛軒將手機交給一旁的許璃：「幫我拿著。」

「你要幹麼？」許璃擔心地問道：「你……別亂來啊。大不了我們一起重來就是了——」

「幹麼，想要打架啊？」永仁說：「可以啊，這樣正好。不只是虛擬世界，你的現實也會一起完蛋喔。」

「……怎麼會呢？」然而洛軒只是往前一步，將許璃擋在自己身後。「我可是虛擬實況主，動身體不是我的專長。」

「那你想幹麼？」

「那還用說嗎？」洛軒笑著說道：「當然是對著鏡頭說話囉。」

說著，他清了清喉嚨，用著洛特的聲音跟鏡頭打了個招呼。

「——哈囉，大家好啊。如各位所見的，我就是洛特喔。」

【喂，真的是洛特的聲音。】

【這個傢伙不是在騙人啊。】

【假的吧？只是聲音很像而已。】

【可是他都承認了欸。】

【我說我是你爸爸，你相信嗎？】

【當然不信啊。】

【那不就對了嘛。】

【效果而已啦。】

……

看著聊天室不斷地滑過訊息，洛軒只是淡淡地開口：「說得也是呢……果然，大家都對虛擬實況主很感興趣對吧？就像你說的一樣，永仁。我們只不過是群躲在螢幕後面，甚至連自己的樣貌都不敢示人的膽小鬼而已……──但是，我們不是都一樣嗎？」

「你說……什麼？」

「每個人都是一樣的。」洛軒說道：「不管是再怎麼樂觀、再怎麼外向的人，也會有情緒低落的時候。他人的期待、對自己的期許……我們每個人每天都會面對著這些。

「同學、朋友、家人，同事……我們會接觸許許多多的人、接觸到許許多多的情緒。有些是好的、有些則是不好的，因為這就是生活，是我們誰也避免不了的生活。生活在現實社會也好、虛擬世界也好，大家一定……都是拚盡全力在努力生活的吧。

「但是，即便如此，一定也會有什麼不順心的事情發生的時候；一定也會有想要跟別人訴苦，但是害怕被別人嘲笑的時候。當很多的不甘心、悔恨、懊惱……當這些情緒累積起來，有一天也會撐不住的吧。

「也許此時此刻的你們，其中就有這樣子的人也說不定。」

洛軒一邊說著，一手偷偷藏在背後，輕輕地動了動。拿到東西之後，洛軒繼續說道：「但是那也沒有關係。開心也好、傷心也好。那些人們一直以來的痛苦、那些累積卻又無法消去的負面情緒——」

洛軒伸出手指向永仁，說：「就由我來擋住。」

「說了一大堆廢話……」永仁說道：「說這些又有什麼用啊！」

「嗯，沒什麼用喔。」洛軒點點頭：「沒辦法，有些時候撐時間就是要東扯西扯些有的沒的。說到這個，你知道我們在雜談的時候多絕望嗎？我們可是得盯著螢幕自言自語好幾個小時喔！」

「關我什麼事！」永仁被洛軒這麼一堆話搞得有些失去耐心了。

「當然不關你的事。」洛軒說道：「因為我只是想要分散你的注意力而已。」

下一秒，洛軒往前跨出一大步。

突然的變化，讓永仁僵住了短短一瞬——然而這已經足夠讓洛軒執行他的計畫：只見洛軒右手一甩，將原本送給許璃的大瓦楞紙直接往永仁的腦袋上砸了過去。

瓦楞紙本應無法造成什麼傷害；然而在貼滿各種小卡片的情況下，瓦楞紙呈現出某個不規則、附帶著銳利的邊邊角角的形狀——要是被砸到眼睛，絕對不是什麼好事，方永仁只得伸出手去阻擋。

而洛軒趁著這時一個箭步衝上前，直接拍掉對方手上的手機、隨後一腳將手機踢向許璃。

「許璃，關掉直播！」

「喔喔！」

少女趕緊撿起手機、在語音另一端的群主幫助下結束直播，並刪掉記錄檔。

『網路世界的部分我會去處理。』群主說道：『彩璃妳跟洛特可以放心。』

「謝謝群主。」許璃說道：「還有……其實叫我本名也沒關係的。」

『什麼本名？』群主笑著反問：『我什麼都不知道，我只認識彩璃——那個很厲害的新人虛擬實況主而已。』

接著，群主便俐落地掛掉通話。

「……太帥了吧？」許璃喃喃。

「你們在幹麼？」方永仁氣急敗壞地吼道：「把手機還給我！這是偷竊！」

「偷竊？」洛軒冷冷說道：「現在還知道偷竊兩個字怎麼寫啊。」

「……怎麼樣？你想幹麼啊！」永仁說道：「難道我有說錯嗎！你們只要沒有了

虛擬身分，根本什麼都不是！」

「我才不管這些。」洛軒說道：「不管是誰，想要做些什麼——所有的行為都需要勇氣。漠視他人為自己夢想付出的努力跟勇氣、踐踏他人的成果——對你這種只喜歡以揭露他人隱私、破壞他人夢想的人來說，根本就什麼都不懂吧！」

「什麼勇氣啊！」被洛軒當面指責，永仁惱羞成怒：「勇敢？你們就跟我一樣，只會躲在螢幕背後、鍵盤前面說說大話而已！要是你真的有本事的話，為什麼不用自己的真實臉孔去面對世界啊？你們要是真的這麼勇敢的話，為什麼不去身體力行啊！」

「你說什麼……身體力行？」洛軒再度往前一步，說：「因為你自己做不到、所以你覺得別人也做不到？你只不過是自暴自棄罷了！」

洛軒喊道：「你這傢伙沒有資格跟我們相提並論！不能身體力行又怎麼樣了！我們虛擬實況主啊——可是用『靈魂』在灌注夢想的啊！」

隨後，一記力道不算大、但卻精準無比的右鉤拳直直砸中了永仁的側臉。

衝擊力讓永仁撞上了背後大門，發出重重的碰撞聲響。

洛軒甩了甩手，隨後看了眼身後的許璃。

他很想說些感覺很帥的臺詞，然而最後他只是搖搖頭，開口：「……動畫裡面都是假的，痛死了啦。」

在充滿風波的校慶之後又過了幾週。

房間內。

「等等，這樣也太突然了……」

「要、要停手嗎……？我的話沒關係。」

「……不要，我想要……跟你一起。」

什麼物體輕輕碰撞的聲響傳了出來。

「我是……第一次，所以……請你溫柔一點好嗎？」

「我也是第一次，所以……我盡量吧。」

「等一下……都溼透了啦。」

「這還不都是因為妳的關係……」

又過了幾秒鐘。

「……我、我要進去了喔？」

「……嗯，好緊張──等等！你先不要看啦！」

滑鼠的點擊聲傳來。

「進、進去了嗎？」

「我怎麼知道啊……」

「不是妳叫我閉上眼睛的嗎？」

「我也閉上眼睛了嘛！有什麼辦法？」

「真是的…… 我要先看了囉。」

洛軒緩緩睜開雙眼，先是一條縫、而後才完全睜開。

螢幕上是一封電子郵件。

「系統信件，請勿回覆……」洛軒唸出上面的內容：「彩璃小姐妳好……在經過站方審核之後，將正式允許您的頻道開啟收益。如有任何問題請洽系統客服……喂，成功了欸？」

「真的？不是騙我？」許璃雙手摀住眼睛問道：「不是愚人節笑話？」

「是真的，是真的啦——我說，妳能不能先把妳的手給移開！」

「好啦好啦……我要看了、真的要看了喔！」

許璃終於下定決心，放下手之後小心翼翼地盯著螢幕。

「真的成功了！太好啦！」

確認上面的訊息貨真價實之後，許璃笑著一把抱住了洛軒——而後者則依然不習慣地僵在原地。

「終於……回來了。」過了一會，洛軒才說道：「啊，真是的。收益這種東西真的是隨時都會不見的呢。」

彩璃在半年多前開始活動之後，大約一個月內就取得了收益。

然而在校慶那段期間，由於各式各樣的原因，彩璃的收益被取消了。

最大的原因來自於彩璃在校慶當天，開啟了一個只有聲音撥出的直播，那次直播將方永仁所說的話通通錄了進去——包括惡意洩漏洛軒、許璃虛擬身分的事情。

這雖然算是某種非官方錄音，不能當作正式證據——但至少提供了不少素材給校方做決定。在校方確認所有事情屬實之後，方永仁被強制轉學、宣布結案。

原本到這裡也算是皆大歡喜了，但在那之後，彩璃的頻道就被短暫封鎖，理由是「涉及暴力」——因為直播也將洛軒那「充滿靈魂」的反擊給錄音進去了。

「所以我才說嘛，不要亂來。」許璃微微鼓著嘴，繼續教訓一旁的洛軒。

「是是……」洛軒生無可戀：「妳到底要說教幾次啊？」

「幹麼？嫌我煩啊？」許璃偏過頭去：「哼，還是之前的洛軒比較好相處。」

「不是啊。」洛軒說：「我都已經收到處罰了，妳還想怎麼樣嘛。」

在校慶期間進入校規禁止區域、與同學爭吵鬥毆。在校慶結束後，教官可沒有放過洛軒。

「所以，具體的處罰是？」

「……警告兩支、外加兩個月的校園服務。」洛軒眼神死地說道。

「算輕了啦。」許璃看見對方這副模樣，只得安慰道：「依照校規，你這樣本來是要記一支大過的。」

「大概吧……」

雖然在群主跟其他朋友的幫忙下，大部分的照片跟影片檔都被回收了——然而兩人的資訊依然被彙整起來，讓幾位好事者好好地整理在中之人網站裡面。

還好那天方永仁的直播中，雖然洛軒親自承認自己是洛特，相信的人卻異常地少——這大概就是人類的劣根性吧？越是強調就越不願意相信。

總之，除了照片流出之外，其他個人資訊仍安全地沒有洩漏，這已經是最好的結果了。

「啊，對了。」洛軒說：「要把這消息告訴大家才行。」

洛特【各位～彩璃的收益恢復了喔！】

彩璃【讓大家擔心真的很不好意思！】

小百合【歡迎回來～】

艾斯【能夠拿回收益真的太好了！過幾天是不是要在 V-world 上面慶祝一下？】

妮妮【艾斯你真的是只會慶祝而已欸。】

艾斯【慶祝錯了嗎？】

艾斯【（妮妮的哭哭貼圖）】

妮妮【你竟然敢用妮妮的魔法對付我？】

老磚【好耶！啤酒喝到爆！】

小百合【老磚，他們兩個都未成年。】

老磚【妳能陪我喝嘛。】

小百合【我才不要。】

群主【兩位都沒事真的太好了。】

洛特【謝謝大家關心！】

洛軒用手機回覆大家的訊息，許璃則若有所思。

「……抱歉。」過了一會，許璃突然說道：「雖然只有一點點，但還是影響到了對吧？」

雖然事件算是平安落幕，但無論是洛特還是彩璃的頻道追蹤人數都有一定程度的下滑。

「別放在心上。」洛軒說：「反正也只不過是稍微後退一步而已，要做的事情……從來沒有變過。」

「……嗯。」許璃過了一會重新笑著回答：「說得也是！」

「現在……」洛軒看了一眼許璃：「真的要做嗎？」

「要做。」許璃點點頭：「難得有這個機會嘛。」

「反正妳之後鐵定也會找機會對吧……」

兩人打開各自的直播設備，隨後許璃開啟了直播。

面對著眾多觀眾，許璃率先開口道：「——哈囉！大家好啊，我是彩璃！今天的直播呢……有些特別！因為邀請了特別來賓喔！」

「大家好！我是洛特！」

「洛特和彩璃，兩個人合起來就是——洛璃組合！」

下一秒，聊天室刷滿了訊息：

【草】

【草】

【草】

【這兩個人的取名能力真的沒救了欸。】

【酪梨組合草。】

【這都什麼白痴組合名啦 wwww】

「妳看吧！」看著聊天室的反應，洛軒抱怨道：「我就說這名字很爛吧！」

「那你想一個啊！」許璃毫不示弱：「你自己想的名字也很爛好不好？」

「啥？黑金組哪裡不好了啊？妳倒是跟我翻譯翻譯什麼叫很爛！」

【吵起來了草。】

【這組合沒問題嗎？】

【情侶吵架笑死。】

【太好笑了吧……但是很期待！】

【期待！】

【期待＋1】

「咳咳。」許璃說：「總而言之呢，也許以後會跟這個笨蛋有不少互動，希望各位能夠繼續支持我們喔～！」

「在那之前，先跟大家說一下我們未來的目標吧？」洛軒說。

「對喔！我都忘記了！」

洛軒跟許璃兩人對視一眼，同時說道：

「那當然是——成為世界第一！」

說完之後，兩人同時笑了。

「那麼，就讓我們開始吧！」

螢幕上，兩個人的虛擬形象靠在一起。

「今天的直播主題是——」

（全文完）

番外　虛擬之雨終將放晴

那是某個天氣晴朗的午後。正值秋季尾巴，逐漸入冬的時節，這段時間的氣溫十分宜人，微風徐徐吹過卻不會讓人感到昏昏欲睡。

從車站往郊區步行大約十到十五分鐘，便能夠看見坐落在森林公園旁的遼闊校區。

以紅磚做為基底的校舍，輔以白色磁磚做為裝飾，從外表看起來便令人感到十分氣派。從校舍窗外望去還能看見占地極廣的操場，每當假日的時候也會開放外部民眾在此健走運動。

然而，這些在操場喧鬧的聲音，卻無法掩蓋住校舍內的琅琅讀書聲。

「……綜合以上，假如令題目中的此數為X，就能夠透過微積分公式求出此處的Y……」老師站在講臺前，一邊講解著教材。

冷氣壓縮機的嗡嗡運轉聲響似有若無地迴響在教室內，透過智能系統監控，讓所有教室的溫度都能夠保持在最舒適的狀態。

教室左側倒數第二排，靠窗。

一名綁著馬尾、戴著細框眼鏡的少女輕輕地打了個呵欠。

桌上是抄寫詳細的筆記、用著不同顏色的螢光筆標註起來——然而並不是實際意義上的標註；只見少女伸出手指輕輕劃過紙張上的某個段落，指尖經過之處便自動塗上了指定的顏色。

「……以上，就是今天的課程內容。各位同學注意，下周二將會進行模擬考，請各位認真準備。有任何問題請再發信詢問老師，我們下課。」

身著西裝的老師在說完這句話之後，便像是被凍住一般地停滯在原地。

與此同時，少女周遭發出了各式各樣的聲響——那是同學們紛紛取下配戴裝置的聲音。

當拿下裝置的同時，原本位在講臺的老師、連同黑板上的文字頓時消失不見。

「……糟糕，最後一段有點恍神了。」少女喃喃，隨即揮手叫出操作介面，拉動進度條回到幾分鐘之前。

就像是觀賞影片一樣，原本停滯在原地的老師開始快速倒帶，最後回到了指定的時間。

「……綜合以上，假如令題目中的此數為X，就能夠透過微積分公式求出此處的Y……」

同樣的內容、同樣的文字，少女點點頭，繼續在課本上抄寫筆記。雖然已經下課，卻沒有任何一人離開教室。過了幾秒鐘沉默之後，四周也紛紛傳出抄寫筆記、翻閱講義的聲音。

毫無喘息空間，這就是少女的週六生活。

就讀這間歷史悠久的私立貴族學校，校方要求每週六早上，全校都必須額外進行大學銜接課程或者是進度補充。除此之外每周都有對應的模擬考跟數不盡的參考書習題要完成。

當然，使用的資源與技術也是全國頂尖。除了最為先進的電子紙之外，透過穿戴裝置進行教學，可以隨心所欲地複習預先錄製好的課程——甚至能夠在課堂中對特定部分的內容進行註解、提問，修改。所有的資料皆會上傳至系統中，再由老師針對學生的問題作個別回答解惑。

早上是學校要求的課程，至於下午則是學生的自主學習時間。然而，教室內卻沒有人真的準時離開。

在這樣的環境之中，下午休息彷彿就是一種逃避、格格不入的行為。習題、考試、分數，排名……學生們每天都在面對著這些，沉重、令人喘不過氣。

至於平時閒聊的機會同樣不多，大部分都是同學之間互相請教課業；放學之後一起去購物、一同玩遊戲……也許有，但在這間學校終究是極少數。

曾幾何時，少女還有一個祕密的歸處，能遠離這些令人不快的氣氛；然而，隨著那一聲煙火與道別，能夠喘口氣的地方……已經不存在了。

少女輕輕呼出一口氣，閉上眼往後一躺，懶懶地倚靠著椅子。腦袋裡面仍然是方才的上課內容，然而少女只覺得昏昏沉沉、令人不快。思考一陣之後，少女猛然坐起，動靜似乎驚動了周遭的同學、紛紛投來疑惑的視線。然而少女一點也不在乎，只是收拾書包之後走出教室。

班上的同學紛紛望著少女離開的身影——然後繼續重新專注在課本與講義上。

走出校園，少女往市內商業區的方向前進。看著人行道兩側飄落的樹葉，她不禁放慢了腳步……不知不覺就經過兩個月了，少女如此想道。

每當回想起來，明明已經下定決心，然而在那個人面前又差一點沒能堅持自己原本的想法。只差一點，自己的決心又要因為那個人的關係而變得搖擺不定……然而這對少女、或者對於那名不知身在何處的友人而言，都只會迎向更加痛苦的未來。

不想以這種半調子的心態持續活動下去——於是在無數日子的煎熬與權衡之後，少女決定放棄了另一邊的一切……雖然是個十分艱難的決定，然而經過兩個月的時間，少女也漸漸習慣了。

在自己離開沒有多久，偶然得知了自己認識不久的朋友，因為身分曝光陷入危機之中；雖然也想過以單純的路人身分替對方應援，但最後少女仍然制止了自己的想法。

要是再跟那群人有所交集，自己鐵定會按捺不住、而變回以前的樣子吧。

為了能夠不再留戀自己喜歡的一切，只能如此狠心地斬斷所有的關聯……同時暗自地祈禱著，一切能夠平安度過——少女相信，如果是他們的話，最後一定能夠一起度過難關的。

所幸最後是皆大歡喜的結局，真是太好了呢。

現在的少女已經不再關注社群上的一切，就這麼平淡無奇地度過生活中的每一天。

當然，現實之中也沒有太多讓少女懷念過去生活的時間。高二即要面對無數的考試、課業以及同儕比較間的壓力，讓少女根本無暇關注其他。

但偶爾，還是會想起，來自友人的疑問。

『——直播，開心嗎？』

「……嗯，很開心。」

少女停步，輕聲喃喃：「一直，都很開心喔。」

「我回來了。」

打開大門，少女這麼輕輕地說道——然而她很清楚，此時此刻家裡不會有其他人在。果不其然，回應她的只是一陣沉默。

有些自嘲地笑了笑，少女走進玄關，大廳的燈在感應到有人經過的時候就自動開啟、同時智能管家傳來了問候：『——歡迎回家，大小姐。已經預先替您準備好熱水，是否要先沐浴？』

「都可以。」少女回答：「晚餐的菜單是？」

『松露佐鵝肝醬吐司、香煎櫻桃鴨胸佐莓果醬與白葡萄氣泡飲。』

「知道了。」

少女走上樓梯前往二樓、走進屬於自己的房間，摘掉眼鏡之後一股腦地癱倒在床上，腦袋埋在枕頭裡面。

「……好累。」她如此喃喃著。

不只是單純的課業或是未來，而是對於生活的一切都感到疲憊。

稍微翻了個身子、同時扯掉馬尾的髮圈，讓一頭及肩長髮隨意地披散在背後。

就這麼呆呆地盯著天花板好幾分鐘，直到智能管家的聲音再度響起：『大小姐，熱水已經稍微冷卻，是否需要重新加熱？』

「……不用，我要進去了。」少女悶悶地說著，同時拿起換洗衣物走入浴室。

寬闊的空間，說話時甚至會傳來回音。少女褪去全身衣物，先是抬起一隻腳輕輕放入水中，確認溫度沒有問題之後才將整個身子緩緩沉入浴缸中。

溫度適中的熱水包覆了全身，讓少女獲得了難得的放鬆。

一天之內，少女最喜歡的就是這個時間——如果此時外面還下著雨，那就更好了，她這麼想著。

輕輕一揮手，浴室內隨即響起輕柔優美的音樂，少女眼前則跳出一個虛擬介面，上頭是自己前幾天看到一半的小說。

一時間，浴室內只剩下音樂以及時不時的滴水聲。

不知道過了多久之後，智能管家開口：『——大小姐，老爺來電。』

「切掉。」少女淡淡地回應。

『好的。』智能管家剛說完，隨即繼續開口：『……大小姐，老爺來電。』

「切掉，設定拒接。」少女翻過一頁，淡淡說道。

『……了解，已完成指令。』明明是人工智能，然而用AI所模仿出的沉穩男聲，此時用有些困擾的聲音說道：『另外，大小姐，我只是智能管家，請不要做出無意義的遷怒。』

聽見智能管家的『抱怨』，少女淡淡一笑，紀錄這次看到的段落，隨後說道：「管家，幫我準備好毛巾。」

穿好居家服，當少女走下樓梯時，卻看到了一副令她十分驚訝的畫面。一名身著西裝的中年男子正坐在客廳的沙發上，桌上放著好幾盒像是伴手禮的東西。

似乎也聽見了動靜。

男子轉過頭來笑著說道：「連爸爸的電話都不接啦，女孩子的叛逆期有這麼久嗎？」

「……爸爸。」少女喃喃，有些生硬地說道：「怎麼會回來了？工作沒有問題嗎？」

「放心，媽媽在那邊處理大部分的事情，讓我回家一趟看看妳。」

「我這裡一切都很好，讓您費心了。」

「妳啊……」男子有些無奈，女兒的口吻彷彿就是「你沒事回來幹嘛」的語氣。

似乎也注意到自己的語氣不太友善，少女有些手足無措地摸了摸自己的頭髮後說道：「……既然都回來了，就一起吃飯吧。」

「啊，當然沒問題。」

很快地，智能機器人端上了熱騰騰的餐點，少女跟男子則面對面坐著。

「……那個。」切下一塊鴨胸，男子像是在找話題一樣地說著：「學校那邊應該沒問題吧？」

「目前都跟得上進度。」少女用湯匙攪著濃湯，心不在焉地說著。

「……」男子欲言而止，接著像是想要找到新話題地說道：「對了，最近我也開始看了幾個……那叫什麼？虛擬實況主嗎？」

「是。」少女淡淡地回答：「我最近並沒有關注這些。」

「……是嗎。」男子過了許久只能如此回答。

少女有些淡淡的不滿，像是發洩一般地將叉子狠狠戳進鴨胸內。

「……我並不是反對妳繼續這個興趣。」男子過了一會之後說道：「只是如今正是最重要的時刻，我不希望妳以後因為現在的任性而後悔。」

「……是，我明白。」

隨即，兩人再度陷入沉默。

餐廳只剩下刀叉碰撞的聲響，直到最後，兩人都沒有其他對話。

「……我吃飽了。」少女擦了擦嘴唇說道：「那我就先回房間了。」

「……」男子看著起身離開位子的少女，似乎下了很大的決心才終於說道：「對不起。」

少女爬上樓梯的動作停了下來。

「沒有什麼好道歉的。」最後，她只是這麼說道。

「……嗯。」男子輕輕應道：「客廳那些伴手禮都是給妳的，想吃就吃，不勉強。我等等就要再出門了。」

「好的。」少女轉過身點點頭：「一路小心。」

走進房間關上房門，少女豎起耳朵聽著外面傳來引擎發動聲，隨後是車輛駛離的聲音。直到確認男人已經離開，少女才鬆了一口氣，躺在床上。

沒想到竟然會回來一趟，有些意外，少女這麼想道。

一時間，突然不知道該做些什麼。不知道要做些什麼，可是好煩；這種坐立不安的感覺讓她更加煩躁。

輕輕轉移視線，少女看見了某個堆在角落的東西。雖然已經有一段時間沒有使用，卻依然仔細地定時清理收拾，是自己直播用的 V-GATE 設備。

「……」

——只要，看一下下就好？

少女的手在半空一揮，叫出了熟悉的介面。然而，看著熟悉的畫面，少女伸出去的手卻僵在半空，不敢將其點開。一次又一次的縮回手、然後再度伸出。

最後，少女用力地吸了一口氣，閉著眼睛輕輕觸碰虛擬面板上的畫面。

下一秒，房間被漆黑的星空所包覆。

耳畔傳來柴火的燃燒霹啪聲響，以及再熟悉不過的聲音——

「說起來，大家學生時代都有上過家政課吧？讓我想起以前家政課的時候，我們同學曾經做過放了一大堆起司的披薩呢。結果後來被臭罵一頓哈哈哈哈。」

【草】

【草】

【wwwww】

【塞滿起司也太好笑。】

周遭的空間飄過這些留言文字，身穿流星圖案做為點綴的漆黑大衣，青年這麼說道：「我也覺得超誇張的啊，但是為了不浪費食物還是得硬著頭皮吃完嘛。光是卡路里就不知道有多少了……啊，沒看過的名字呢？歡迎歡迎。」

要不要留言？少女看著熟悉的身影，再三考慮之後還是送出一句留言：【初見，感覺很有趣～】

「原來是第一次嗎？」洛特笑著說道：「放心，現在只是例常的雜談直播而已，可以放輕鬆，把這裡當成聽我說話的地方就好了喔。」

接著，洛特繼續跟聊天室的眾人閒聊著。

至於少女，則靜靜地聽著對方直播。

……不知何時，原本煩躁的心情慢慢舒緩下來。

雖然很早以前就知道了，不過還是一樣厲害到令人羨慕呢，少女這麼想著。

聽著雜談的聲音與柴火靜靜燃燒的聲音，少女覺得就這樣直接睡著好像也挺不錯的——直到訊息提示音響起。

「是誰傳訊息過來……」少女喃喃，打開另外一個訊息介面確認。

是帳戶的轉帳消息，少女發現自己的父親竟然匯了一大筆錢到自己的帳戶裡面，還附上留言：『——明天有空的話就到購物中心晃晃吧，想買什麼千萬別客氣，不夠的話再跟爸爸說。P・S・這筆錢就別讓媽媽知道了，是我們的小秘密。』

看著帳戶裡面突兀出現的好幾個零，少女有些驚訝。

一時間也不知道該說些什麼，最後只好先傳了訊息過去：『謝謝爸爸。』

過了幾秒鐘，對方傳來一個大拇指比讚的貼圖。

此時，洛特正在與觀眾們討論明天的行程。

「明天？明天不會直播喔。」洛特說：「要跟朋友一起出去玩，所以沒有直播呢……之後會在社群上傳明天出去玩的照片，大家就敬請期待吧！」

少女聽著對方的聲音，笑了笑之後關掉直播。

突然期待起明天了呢，她想。

隔天，少女很早就起床了。

雖然計畫是到購物中心狠狠血拚一番，但在那之前，少女還是簡單地讀了一會參考書、到樓下的健身房稍微運動，洗完澡之後才準備出發。

身穿一件黑色短袖薄紗上衣，搭配黑色內搭背心與淺藍色長褲，最後少女提著白色的帆布包後便走出家門。

既然是周日，街上當然也少不了人潮。

今天的天氣比昨天還要好，刺眼的陽光讓少女不禁覺得自己出門前沒有多戴一頂帽子似乎是個壞主意。

購物中心位於郊區，以中世紀城堡風格做為外觀設計；在購物中心的四周，還有室外籃球場、溜冰場，公園等等供民眾運動的場所。每到假日時，便會有許多人在此一起打球運動。汽車絡繹不絕地行駛進停車場，家人、朋友，情侶檔，紛紛湧入購物中心裡。

少女輕輕吐了一口氣，同樣走進室內。

跟外觀充滿古典風情的感覺截然不同，購物中心內部是十分明亮現代的裝潢。

使用擴增實境面板的天花板，能夠依據天氣實時投影出外面的樣貌——當然，如果外面是狂風暴雨的話，也會用比較溫和的陰天的景象來替代。

一走進屋內，少女周遭立即被各式各樣的虛擬介面包圍。

『現正特價中！剛出爐的紅豆麵包！』

『想要如同風一樣地奔馳嗎？請洽地下一樓運動專區……』

『換季特賣！冬季新潮流概念等待發掘！』

少女擺了擺手將那些廣告全部撤掉，漫無目的地在購物中心內亂晃。

「——爸爸！爸爸！我要到那邊玩！」

小女孩的聲音吸引了少女的注意力。只見前方一家三口正在逛街，小女孩似乎看到購物中心市內遊樂園的廣告，指著虛擬屏幕說道。

「妳不是說今天要來買衣服嗎？」似乎是母親的人這麼回答。

「不管，不管啦！」小女孩有些鬧彆扭地跺著腳說道：「我就是要去啦！」

「聽話，等買完東西再去好嗎？」

「不要！要等很久！」

眼看小女孩的淚水已經在眼眶邊打轉，小女孩的父親連忙上前打圓場：「知道了知道了，那我們就先去玩好不好？」

「親愛的——」

「沒關係嘛。」男子笑著說道：「只要孩子開心，稍微更改一下行程也沒關係的。」

「真是的……就你最會疼小孩。」

雖然嘴上這麼說著，但小女孩的母親還是牽起了她的手。三人就這麼慢慢地往前走去。

「……」看見這一幕，少女駐足，臉上若有所思。

自有記憶以來，無論是父親還是母親，都在為了工作而努力奔波；童年時刻陪伴自己的除了家中的「管家」，她都是孤身一人。

因緣際會之下，她在國中時接觸到虛擬實況主、才認識了許許多多的人，以及許多回憶……

看著開心地一起購物的一家人，少女不禁如此想著。

如果，我也有像這樣的生活……

她搖了搖頭，將思緒拋到九霄雲外。

要先去哪邊好呢？正當少女為了讓自己轉移注意力，考慮著要不要先從洋裝開始逛起時，一個熟悉的聲音傳了過來：「今天的預算是？」

「刷到卡爆掉為止喔。」

「總覺得這個對話好像在哪裡出現過……」

少女猛然回頭，有些著急地找尋著聲音的方向。

然而人來人往，自己也被人潮漸漸地推離原地。要在這麼多人中找到聲音來源一點也不簡單。不過少女非常篤定，自己沒有聽錯。

「……不是說要出去玩嗎？」她這麼喃喃：「來逛購物中心才不是出去玩吧。」她有點哭笑不得地自言自語道。

除了男性的聲音外，回應的人似乎是個女性聲音……這麼說來，是他們兩個人一起來的？約會？約會選在購物中心，這傢伙還沒有被分手真的是燒高香了。少女嘆了一口氣，繼續往前走去。

在這個樓層轉了一圈，最後少女決定先到服飾區。她在一間專櫃前駐足，銷售小姐立即上前說道：「您好，歡迎參考換季的服飾，目前我們都有作折扣～」

「……那，這件、這件，跟那件。」少女指向幾件洋裝。

「好的，幫您先確認一下尺寸喔。」

拿著衣服走進更衣間，過了不久之後，少女穿著一件淡粉色的連身裙走了出來。

「很適合您喔。」銷售小姐這麼說道：「這件材質比較沒這麼厚，所以很適合搭配披肩，或是在天氣沒這麼冷的時候穿。」

「……嗯。」

「真的很適合您。」銷售小姐說：「是為了什麼特別節日準備的嗎？」

「……不，只是臨時起意而已。」

「原來如此，想說您沒有跟其他人一起來。那麼我幫您準備下一件？」

「好的。」

一連試過幾件衣服之後，少女說道：「那就麻煩將這幾件一同打包吧。」

「好的，非常感謝您。」銷售小姐按了一下計算機後說道：「那麼打折過後金額是這樣，請再幫我確認一下。」

少女看了一眼價格，眼睛眨都不眨地遞出信用卡：「直接刷卡就好。另外，這些衣服都幫我寄到指定的地址。」

「沒有問題，感謝惠顧～」

出師大捷，這讓少女的心情稍微好了些。

接下來，少女逛了好幾間商店。從鞋子、外套，到各式各樣的日用品，少女雖然沒有提著任何一個袋子走出商店，但信用卡內的金額正在飛速減少當中——當然，對於整體而言，只能算是滄海一粟。

該不會自己也是某種花錢會感受壓力減輕的類型吧？當少女走出一間口紅專賣店時，如此自我反省著。

「衣服買了……鞋子買了……」少女喃喃：「化妝品也買了不少……啊，對了。」

不然買些烹飪用書吧？雖然平時都是由智能管家作準備，但少女偶爾也會自己下廚。

她來到書店，這裡販賣著實體書。

如今的時代，要拿著紙質書本在路上閱讀確實不太容易，因此人們大多選擇電子書。然而仍有一部分的人喜歡翻書的感覺，或是買來收藏，因此即使科技再怎麼進步，實體書依然有其市場。

少女逛了一會兒，很快就找到了自己想要的書，好巧不巧，竟然是架上的最後一本。

運氣真好。少女這麼想著，同時伸出手拿起書本——於此同時，另外一隻手也準備拿走書本，兩隻手正巧同時碰觸到彼此。只是一瞬間，少女就立即抽回；與此同時，對方好像也嚇了一跳，比少女還要更快把手收回去、像是被電到一樣。

順著視線望去——少女彷彿覺得時間就這麼停止。

明明是從未見過的面孔，少女卻一眼就認出了對方。

是最熟悉的同伴……也是最陌生的朋友。

跟少女同時打算拿走書的人，當然是洛軒。

「啊，對不起……」過了幾秒鐘之後，洛軒率先道歉：「那個，應該是妳先拿的吧？您請您請。」

「啊，不……」少女趕緊擺擺手：「我也只是隨便看看而已，你要的話就拿走沒有關係。」

「不是、那個。」洛軒有些慌張地左右看著：「我其實對這個一點興趣都沒有啦，所以妳拿走沒有關係的。」

「……那，那我就不客氣了？」

「嗯嗯嗯，沒問題的。」洛軒點頭如搗蒜。

「洛軒？你找到了嗎？」從轉角走了過來，許璃如此問道。

「啊啊，等我一下。」洛軒說道：「我剛才先把這本書讓給那位女……咦？」

當洛軒回頭時，少女已經不見蹤影。

「……跑得比我還快欸，好厲害。」

「你在咕噥什麼啊？」許璃說：「沒有多的了嗎？嗯……網路上是說這間店還有貨啦……」

「很難找嗎？」

「倒也不會。」許璃搖搖頭：「仔細想想，家裡的烹飪書也很多了……只是沒能湊齊整套，有點不甘心呢。」

「下次再去車站附近的書店找找看吧？」

「也只能這樣了……」

兩人走出書店。

「話說回來。」許璃看了洛軒一眼，有些壞笑地說著：「明明是值得紀念的第一次約會……你卻選擇來購物中心？真不知道你是怎麼想的欸。」

「關於這個部分，真的非常不好意思。」洛軒避開對方的視線說道：「但是我真的想不到了……」

「去找個景點、或是去水族館隨便晃晃也好啊。」許璃有些哭笑不得：「你把我當成是什麼很愛買東西跟逛街的人嗎？」

「咦？不喜歡嗎？」洛軒反問：「因為我看班上同學很常這麼邀妳嘛……」

「那個才不一樣……算了，反正也沒什麼不好。」看著有些苦惱的洛軒，許璃不禁笑了出來，「說起來，中午想吃什麼？」

「聽說這裡有一間很好吃的韓式料理。」

「還是有好好查資料跟準備的嘛。」

「我還訂好位了喔。」洛軒很驕傲地說著。

「了不起，那我們就過去吧？」

洛軒看著正在期待著午餐的許璃，輕輕笑了出來。

太好啦！還好購物中心是安全的選項！以後如果約會想不到要去哪裡的話，就去購物中心逛逛吧！雖然不知為何得出了這種結論，洛軒還是十分開心地握了握拳頭表達自己的勝利。

時間回到幾天之前——

「不不不不不。」當時艾斯如此說道：「不可以，絕對不行！不管彩璃的個性再怎麼好——第一次約會去購物中心絕對會被生氣的啦！」

「欸？」洛特一臉茫然：「可是……難得那間購物中心有戶外主題區欸。」

「問題是這個嗎？」艾斯轉頭看向小百合：「妳有什麼想法？」

「沒什麼想法。」小百合回答：「如果彩璃能夠接受的話，其實也不是不行……順帶一提，我是不能接受的那一邊；雖然戶外主題區是很吸引人沒錯啦……」說著，小百合還苦惱起來了。

「我的話，也不能給什麼建議。」群主說道：「可是，就算是購物中心，只要好好計畫的話，相信彩璃也會很高興的。」

群主，你的建議，我收到了。

洛軒這麼想著，突然發現走在前面一兩步的許璃伸出左手，朝著自己稍微動了動。

「……？」

「……」許璃微微轉過頭，看了幾眼洛軒之後又轉了回去。

洛軒有些疑惑，兩手插在口袋裡面說著：「話說，今天好像比前幾天冷了一點欸？」

「……是有一點冷呢。」許璃笑著回答。

不知何時，許璃的手重新收了回去，雙手放在背後，右手輕輕拉著自己的左手腕。

兩人來到了預定的餐廳、很幸運地被安排到靠窗的位置。從這裡，能夠俯瞰外面的街道風景。然而幾個座位之外，還有一個人拿著菜單遮著自己的臉、時不時會露出來偷看一會。

有些好奇所以跟過來了，少女正為了自己突如其來的衝動而感到後悔中。沒事幹嘛跑來當這兩個人的電燈泡啊！而且這樣子偷偷觀察，不是很可疑嗎！少女一邊想著，一邊飛快地在點餐螢幕上輸入各種食物。

「沒想到你還特別準備了靠窗的位置呢。」許璃撥了撥頭髮說道：「也太細心了吧～對你有點刮目相看囉，洛軒。」

「呃，哈哈，對啊……？」其實很想講自己根本沒想這麼多，只是單純訂個位而已的洛軒決定將錯就錯：「因為我很重視嘛，嗯，就是這樣。」

許璃看著對方強裝鎮定的表情笑了出來，決定看破不說破。

點餐後過了不久，服務生就送上了餐點。洛軒點的是牛肉石鍋拌飯，許璃點的則是海鮮豆腐煲；除此之外還點了一份海鮮煎餅跟辣炒年糕。

冒著熱氣與香氣的料理，令人食指大動。

「我說。」正當洛軒正忙著用湯匙挖起，幾乎快跟石鍋黏在一起的拌飯時，許璃說道：「聖誕節的時候要一起去市集逛逛嗎？」

「之前是這麼說的啦……」洛軒回答：「但是總感覺會有很多人啊……」

「我也是在想這件事。」許璃有些苦惱：「雖然人潮的感覺也很不錯，但是人太多的話，果然沒辦法好好逛呢。」

「不然還是改開直播……啊！對了！」洛軒拿出手機，調整一下角度之後拍了一張照片，「……嗯，拍得還可以。回去的時候再上傳吧。」

「你還真是無時無刻都在想直播呢。」許璃調侃著。

「呃，因為習慣了嘛……」

「這樣可不行喔。」許璃微微鼓起嘴說道：「難得一起出來，竟然還想著別的事情。」

「呃，對不起……？」

「不接受。」許璃偏過頭說道：「生氣了。」

「欸？這麼簡單就生氣的嗎？」

「嗯，生氣了。」許璃說：「可是……」

說著，許璃拿起桌旁的叉子叉起一塊年糕遞到洛軒嘴前，「好，啊～」

「啊個頭啊！」洛軒像是遇到什麼天大危機，整個人往後一仰，十分驚恐地說道：「不要這樣！很害羞的！」

「唔，這樣對洛軒來講，還是太刺激了嗎……？」許璃擺出一副「該怎麼辦才好呢」的表情說著：「可是……要是洛軒這麼拒絕我的好意，我可能會不開心到，等等一路都擺出面無表情的樣子喔～」

「不是擺出生氣的表情嗎……」洛軒吐槽道。

「因為也沒有真的生氣嘛。」許璃笑著回答：「如何？只要吃一口就好，就讓我滿足這個小小的願望吧！」

「對妳來說是小願望，對我來說可是很艱鉅的挑戰啊！？」

看著那塊仍然冒著熱氣的年糕，洛軒在原地天人交戰了許久——慢慢地、慢慢地朝著叉子的方向靠近，越來越近、越來越——

匡噹一聲，附近的座位似乎有人打翻了水杯，也讓洛軒跟許璃的動作停止下來。

「怎、怎麼了？」許璃好奇地朝著聲音的方向看去，剛好被服務生擋住了，所以看不到是誰。趁許璃轉過頭去的一瞬間，洛軒趕緊往前，嘴巴直接湊上仍懸在半空中的叉子——

感覺手上傳來被輕輕拉扯的觸感，許璃轉回來時只看見洛軒一邊嚼著食物，一邊比出耶的手勢。

「啊——！」許璃發現叉子上原本的年糕不翼而飛，如此喊著：「狡猾啦——」

「多謝款待。」

「你……哼！」

這一次許璃是真的生氣了，哼的一聲之後偏過頭去。然而過了幾秒，許璃再度轉回頭來。

「好吃嗎？」她問。

「……好吃。」

「不好意思……」

畫面來到幾張桌子外，此時少女正在一邊跟服務生道歉、一邊拿著紙巾擦乾桌上的水漬。

好險……！少女如此想著。

本來只是想偷偷觀察，沒想到在偷偷觀察的途中，想要喝水卻因為太注意前方，結果不小心沒抓穩水杯。好險距離兩人還有一段距離，所以少女並沒有被發現。

不過……沒想到他們兩個比想像中的還要害羞嘛，少女輕笑。

其實也可以想像，畢竟洛軒本來就是比較被動的人，就算許璃再怎麼活潑主動，要是洛軒死守的話，也不是這麼容易就會妥協的——可惜因為服務生擋住，少女錯過了洛軒偷偷吃掉年糕的畫面，否則大概會驚訝到再打翻一次水杯也說不一定。

看著一邊吃飯一邊開心地聊著天的兩人，再看著擺在眼前的小火鍋，少女微微嘆了一口氣，「……我要開動了。」

下午，趁著天氣仍然晴朗的時候，洛軒跟許璃兩人來到了購物中心外。

說是購物中心外面其實也不太準確，這裡是六樓的空中戶外花園。有著極為漂亮的景觀設計、水池造景等等，是網路上大大推薦的網美打卡地點之一。

「喔喔——！」許璃剛走進花園就開心地說道：「雖然有看過照片，但是看到實體還是很漂亮呢！」

「真的欸……」洛軒同樣驚訝地望著周遭。

「機會難得，那就慢慢到處走走吧？」許璃說：「順便當成散步怎麼樣？」

「嗯。」

兩人並肩走著。

「……抱歉呢。」

「嗯？怎麼突然道歉了？」

「不，那個……」洛軒有些彆扭地說著：「明明是第一次約會……但是除了逛街吃飯之外，好像也沒能做些什麼……」

這不就是普通的出門逛街而已嗎？洛軒這麼想著。

「……噗，哈哈哈。」

「為什麼又笑了啊？」

「不，哈哈哈哈……」許璃笑著說道：「你啊——明明早上的時候都說沒有關係了嘛？現在還耿耿於懷嗎？」

「因為現在有更深的認知了嘛，計畫的時候沒什麼感覺，但是真的遇到的時候覺得挺……無聊的。」洛軒有些苦惱地說著：「果然這次不算吧？下一次再來一場復仇約會……」

「……沒關係的。」許璃輕輕用手撥開耳畔的髮絲，側望著洛軒說道：「就算只是一起出來逛逛街，只是待在你的身邊，我就很開心……因為，我就是喜歡這樣的你啊。」

「……」

聽見許璃的話，洛軒只是轉過頭去——然而逐漸變紅的耳朵，洩漏了他內心的想法。然而很快，洛軒就聽見耳旁傳來喀擦一聲，立即轉回頭去——正好跟拿起手機對準自己的許璃對上眼。

又是喀擦一聲，許璃十分滿意地放下手機：「嗯，明明你笑起來應該會很好看的……」她一邊滑著剛剛的成果說道：「但是面向鏡頭的時候都笑得不太自然，好可惜。」

「畢竟還是不太習慣嘛。」洛軒摸了摸自己的臉：「總覺得笑得太開的話，看起來很不好看……」

「看來只能慢慢訓練了呢。」許璃說道：「啊！你看那個！」

洛軒順著許璃手指的方向看過去，在廣場中央正好有一株裝飾得十分漂亮的聖誕樹。此時聖誕樹的周遭也吸引了不少人上前拍照。

「看到這個真的會有冬天要來的感覺呢。」許璃說：「怎麼樣？一起拍個照？」

「一起……嗎？」

「當然啊。」許璃挑眉：「就當作是第一次約會的……紀念？」

「……既然妳都這麼說的話。」

找好位置，許璃舉起手機，試圖將兩人同時塞進畫面裡。

「你再靠過來一點……你在怕什麼啊？離這麼遠根本就拍不進去啦。」

「喔、喔喔……」洛軒稍微靠向許璃一些。

「好，就這樣別動……好啦！」

按下快門，手機捕捉了兩人的身影。

「早知道這裡有這個，就應該把漂浮相機帶來的……」許璃說：「不過這樣也不錯啦，看起來比較有情侶感。」

「是這樣嗎……」

「嗯。」許璃點點頭：「不過這樣子，大概就沒辦法拍整個聖誕樹了……」

「——那個。」就在此時，少女的聲音響起。

兩人同時看向聲音來源，是一名穿著黑色薄紗上衣、年紀看起來跟他們相仿的馬尾少女。

洛軒雖然平常不怎麼在乎周遭的人事物，但還是認出了對方：「啊，在書店遇到，跑得很快的人！」

「跑很快的人……？」許璃有些茫然。

「又見面了。不介意的話，不然我幫你們拍吧？」少女說道：「看你們好像很困擾的樣子……」

「真的嗎！真的很謝謝妳！真的幫大忙了！」

許璃開心地小跑過去，將手機遞給對方，少女舉起手機，將鏡頭對準兩人。

……看來沒有暴露呢。少女一邊想道，好險自己從來沒有用原本的聲音直播過，也沒有跟其他人聊天時用真實的聲音。

「那我要準備拍了喔。」少女說道：「一、二、三——西瓜甜不甜？」

「甜……咦？」下意識地回應後，洛軒微微張大了眼。

「好，你們看一下吧。」

「哇！謝謝妳！拍得好漂亮！」許璃看了照片之後開心地說道：「還有洛軒你也是，意外地笑得很自然欸！」

「喔……喔喔，是嗎？」

「真的很謝謝妳！」許璃笑著向少女道謝。

「不客氣。」少女笑著說道：「看你們的樣子，才剛交往不久？」

「應該算不太久吧？」許璃說道：「至少還沒半年啦。」

「是嗎？」少女看了一眼洛軒，隨後笑著說道：「既然這樣，你得讓她好好幸福才行喔。」

「欸……」洛軒有點措手不及：「呃……我會的？」

「怎麼變成疑問句啊？」許璃轉過頭去質問道：「信心呢？」

「呵呵呵呵……」看著兩人的互動，少女不禁笑了出來：「你們的感情真的很好呢——好啦，我也不當電燈泡了，再見囉。」

「嗯！謝謝妳！」許璃同樣揮手道別。

少女又看了洛軒一眼，像是要確認什麼一樣之後才轉身離開。

「……」洛軒只是怔怔地看著對方的離去的背影。

「喂？還在嗎、還在嗎？」許璃在洛軒眼前揮了揮手說道：「真的假的，你在女友旁邊看另外一個女生看到出神？」

「欸？啊！不是的！」洛軒趕緊搖頭說道：「只是不知道為什麼，那個人給我一種……很熟悉的感覺？」

「很熟悉？」許璃同樣看了過去，對方早已沒入人群之中不見蹤影：「是嗎？會不會是你以前的同學之類的？」

「不，不是那個樣子……」洛軒摸了摸頭：「我也說不上來……但是很熟悉的感覺。」又想了一會，還是沒有結論的洛軒搖搖頭：「算了——話說回來，時間好像也差不多了？」

「啊，真的欸。」許璃看了一眼時間：「還得搭電車回家呢，希望這個時間點不要有太多人才好。」

兩人往出口的方向走去。

嗯，今天真是不錯呢，雖然……有點小可惜就是了。

許璃看著自己空著的左手、又看了一眼身旁似乎完全沒打算把手伸出口袋外的洛軒。不過，以許璃的角度來看，今天的洛軒……大概有九十分吧？不管怎麼說，許璃今天已經很滿意了。

轉頭看向路旁的行道樹、往來的車輛人潮……直到許璃感覺到自己的左手傳來一陣溫熱。

「……咦？」

許璃看向洛軒，後者則同樣維持著那個千篇一律的表情……但不知何時偷偷地抽出自己塞在口袋裡的右手，輕輕地握著她的左手。

「……」雖然沒有說什麼，但洛軒的臉似乎已經開始微微泛紅。

看見這一幕的許璃也別過頭去，不讓對方看見自己同樣變得滾燙的臉頰。

兩人就這麼不說一句話，牽著彼此的手往車站走去。

……喀擦。

就在兩人都沒有注意到的不遠處，少女輕輕放下手機。

看著拍出來的照片，少女按下了保存。

「……真的改變了很多呢，洛特。」她輕聲喃喃：「既然這樣……我也不能就這麼停下腳步呢。」

如果連他都做得到……那麼自己一定也可以。

雖然自己早已不再是那個撐著雨傘的少女，也再也無法以那樣的身分在虛擬之中與他繼續並肩前行……然而總有一天，他們一定會再次相逢——

正如同雨過天晴的空中，總會有一道彩虹那般。

少女抬起頭望向天空。

「……今天的天氣，也很好呢。」

少女踏上歸途。

國家圖書館出版品預行編目資料

關於我的校花同學想要成為虛擬最強的那件事 / 慣看春秋作. -- 一版. -- 臺北市：城邦文化事業股份有限公司尖端出版：英屬蓋曼群島商家庭傳媒股份有限公司城邦分公司尖端出版發行, 2023.07
面； 公分
ISBN 978-626-356-841-9（平裝）

863.57　　112007305

浮文字
關於我的校花同學想要成為虛擬最強的那件事

著　　者／慣看春秋　　繪　　者／張洛 Loisning
執 行 長／陳君平　　美術總監／沙雲佩　　國際版權／黃令歡、梁名儀
榮譽發行人／黃鎮隆　　美術編輯／陳姿學　　企劃宣傳／陳品萱
協　　理／洪琇菁　　執行編輯／丁玉霈　　內文排版／謝青秀
總 編 輯／呂尚燁　　文字校對／施亞蒨

出　　版／城邦文化事業股份有限公司 尖端出版
台北市中山區民生東路二段一四一號十樓
電話：（〇二）二五〇〇—七六〇〇
傳真：（〇二）二五〇〇—二六八三
E-mail: 7novels@mail2.spp.com.tw

發　　行／英屬蓋曼群島商家庭傳媒股份有限公司城邦分公司　尖端出版
台北市中山區民生東路二段一四一號十樓
電話：（〇二）二五〇〇—七六〇〇（代表號）
傳真：（〇二）二五〇〇—一九七九

中彰投以北經銷／楨彥有限公司（含宜花東）
電話：（〇二）八九一九—三三六九
傳真：（〇二）八九一四—五五二四

雲嘉以南／智豐圖書有限公司
（嘉義公司）電話：（〇五）二三三—三八五二
傳真：（〇五）二三三—三八六三
（高雄公司）電話：（〇七）三七三—〇〇七九
傳真：（〇七）三七三—〇〇八七

香港經銷／一代匯集
香港九龍旺角塘尾道六十四號龍駒企業大廈十樓 B&D 室
電話：（八五二）二七八三—八一〇二
傳真：（八五二）二五八二—一五二九

新馬經銷／城邦（馬新）出版集團 Cite（M）Sdn. Bhd.
E-mail: cite@cite.com.my

法律顧問／王子文律師　元禾法律事務所
台北市羅斯福路三段三十七號十五樓

二〇二三年七月一版一刷

郵購注意事項：
1.填妥劃撥單資料：帳號：50003021戶名：英屬蓋曼群島商家庭傳媒(股)公司城邦分公司。2.通信欄內註明訂購書名與冊數。3.劃撥金額低於500元，請加附掛號郵資50元。如劃撥日起 10～14日，仍未收到書時，請洽劃撥組。劃撥專線TEL：(03)312-4212 ・ FAX：(03)322-4621。E-mail：marketing@spp.com.tw